君の余命が消えぬまに

いぬじゅん

ポプラ文庫ピュアフル

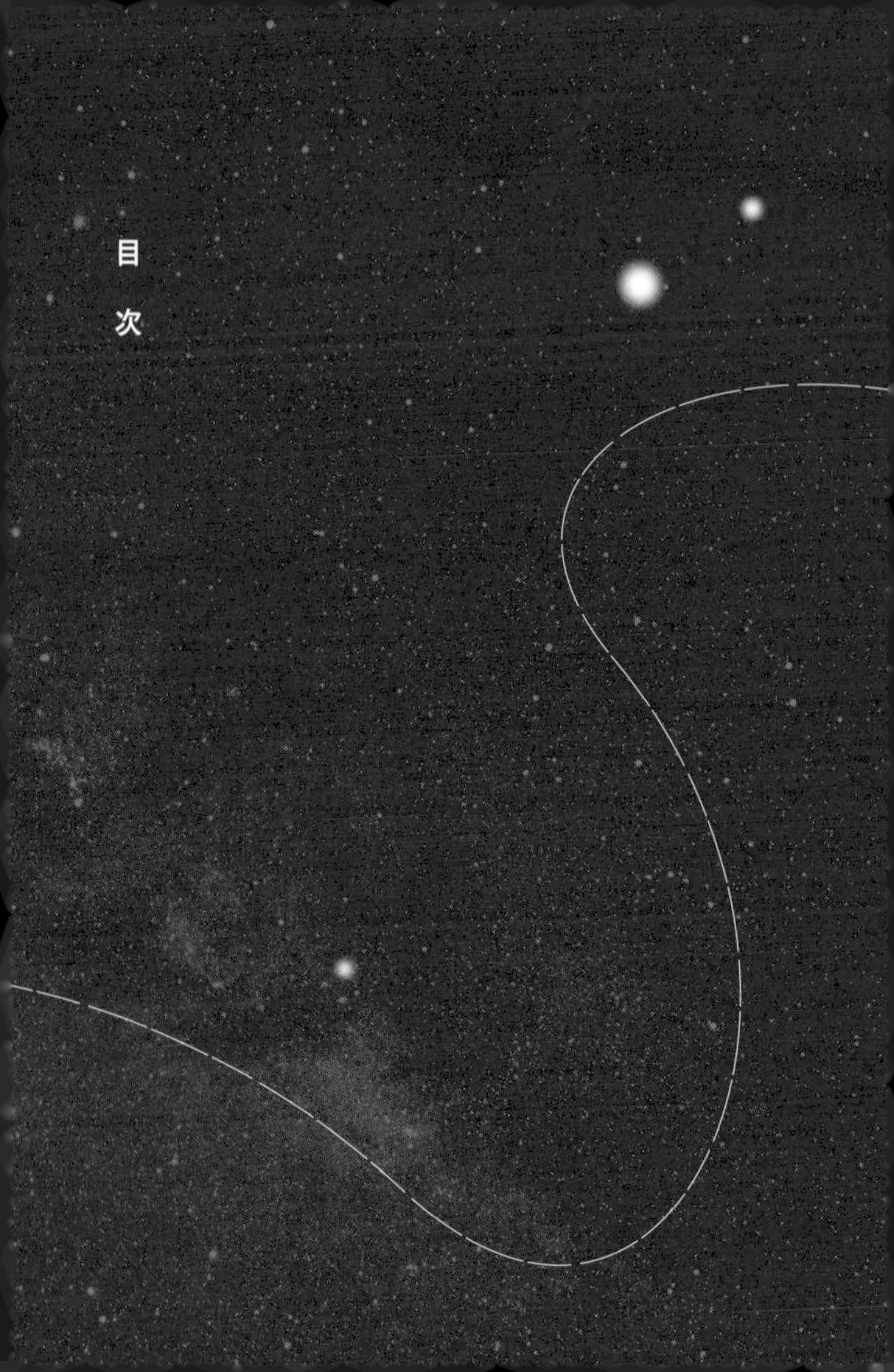

目次

第一章

余命銀行の新入社員

ロッカーに貼ってある【生内花菜（いけうちはな）】の名前が書かれた薄っぺらい磁石をはがすとき、胸はたしかに痛かった。

三月二十四日、金曜日。最後の出勤日である今日、引き継ぎをしているうちにいつの間にか定時は過ぎていた。

先週から少しずつ私物は持ち帰っていたし、ハンガーは置いていくことにしたので残りは歯磨きセットくらい。除菌シートで拭いてから扉を閉めた。

フロアに戻るとさっき挨拶した上司はすでに帰ってしまったらしく、残業組も数人しかいない。

定時前にフロアでの挨拶は終わっていて、同僚からもらった花束はポツンとデスクの上でユリのにおいをまき散らしている。

そもそも、入れ替わりの激しい人材派遣業の営業職において、入社時こそ上司は歓迎ムードになるけれど、去っていく人には事務的な対応になる。この三年間、そういう光景を何度も見てきたはず。

それなのに、なにを期待していたの？

自分から退職を決めたくせにさみしくなるなんてお門違いもいいとこ。二十五歳にもなってこんな幼い自分をまだ変えられずにいる。ため息を呑（の）み込み、デスクの荷物を段ボールに詰めていく。

新卒で入社して三年。営業職というのは名ばかりで、社員も少ない会社だからできることもできないこともやらざるを得なかった。急に休んだ派遣社員の穴埋めとして派遣先で働くこともあり、今自分がなにをしているのか混乱することもしばしば。

それでも、疲労よりも大きなやりがいと充実を感じる日々だった。

「あーあ、ついに花菜ちゃんもあたしを置いていくのね」

缶コーヒーを片手に、武藤リカさんが隣の席にどすんと腰をおろした。

武藤さんが入社したのは去年の二月ごろだったと思う。初日から気さくすぎる新人で、私のこともすぐ名前で呼ぶようになった。

聞くところによるとこれまでも転職を繰り返してきたそうだ。『一年も続くなんてはじめてかも』なんて、誇らしげに上司に話していたっけ。

「武藤さん、お世話になりました」

「あたしなんて全然。いっつも花菜ちゃんに助けてもらってばっかりじゃない」

今日も完璧なメイク、蛍光灯の下でさえも光る艶のある髪、爪の先まで気を遣っているのがわかる。『妖艶で魅力的な女性』が武藤さんなら、私は『地味で目立たない女性』というのがピッタリだろう。

もちろんそれなりにメイクはしているけれど、それなりはそれなりだ。美容室なんて三カ月以上行けていない。

ひょいと差し出された缶コーヒーをありがたく受け取る。まだ寒いのにアイスコーヒーというのが武藤さんらしい。

武藤さんは居座るつもりらしく、デスクに乗せた両肘の上にアゴを置き、荷物をまとめる私を横目で見てくる。これは武藤さんがなにか話したいことがある合図だ。

「明日からどうするの？　次の仕事、本当は決まってるんじゃないの？」

案の定探りを入れてくる武藤さんに、

「まさか。決まってたらこんな浮かない顔してませんって」

と顔をしかめてみせる。

「有給は一週間しか残ってないの？　ああ、先月はずいぶん休んでたもんね」

「そうなんですよ。検査入院とか親戚の不幸とか友達の結婚式が重なってしまって」

検査入院は本当のことだけど、残りはすべて架空のこと。無意識に胸に当てていた手をさりげなくおろした。武藤さんは気づいた様子もなくフロアを見回し、近くに誰もいないことを確認すると顔を近づけてきた。

「ねえ、余命銀行のウワサって知ってる？」

急な話題転換にポカンとしてしまう。

「余命銀行？　ああ……中学のころに聞いたことはありますね」

あれはたしか中学三年生のころ、余命を預けられる銀行のウワサが学校ではやったことがある。それ以来、何度か話題にのぼることはあったけれど、『トイレの花子さん』や『きさらぎ駅』みたいな創作だと認識している。

「花菜ちゃんはどんなふうに聞いてる？」

「……あれって、都市伝説ですよね？」

いぶかしげな目をしても武藤さんは動じない。

「それでもいいから教えてよ」

困った。まだまだ話をする気満々の様子だけど、私は一刻も早く職場をあとにしたい。けれど、この一年の経験で武藤さんは満足するまで話を止めてくれないことは身に染みている。

「そうですね」と、宙を見て過去の記憶を呼び起こしてみる。

「自分の余命を誰かひとりだけに預けられる銀行、としか知りません」

本当は、ほかにも知っている。余命を預けた本人は、その相手にあと一度だけしか会えないとか、余命をもらった期間は歳を取らないとか。

おとぎ話みたいな設定に、友達の家田歌住実と昔よく盛りあがったっけ……。今では現実世界で洗濯物のように揉まれ洗われている私たちにとって、あのころがいちばん楽しかったのかもしれない。

髪をかきあげた武藤さんからホワイトムスクがふわっと香った。

「あたし、花菜ちゃんより少し年上だけど、子どものころからそのウワサはずっと耳にしてきたの」

五つも年上ですよね、と言いたい気持ちをぐっと我慢した。

「そりゃあたしだって、余命を預けられる銀行があるとは思ってなかったわよ。そんな銀行があったら大変な騒ぎになってるはずだから」

かろうじてうなずく私に「でもね」と、武藤さんが声を潜めた。

「驚かないで聞いてよ。余命銀行は……実際にあるみたいなの」

「はいはい」

武藤さんのウワサ好きは社内でも有名な話。芸能人のゴシップから普段は顔を見せない社長の話まで、ジャンルは幅広い。

まあ、勘が鋭いのは認める。これまでも『栄転』という名目で支所に飛ばされた元上司の不倫や、元職員が同業他社のスパイであることを見抜いたりもしている。

だけど、余命銀行の話は眉唾どころか、とうてい信じることはできない。

気がつけばフロアには私たちしか残っていなかった。

「ここだけの話だけど、余命銀行で余命を預けたって人を知ってるの」

耳をすり抜けた武藤さんの言葉が、一瞬でUターンして戻ってきた。

思わず手を止めて武藤さんを見ると、声の明るさと反比例してその顔は真剣だった。

「そうなの、知ってるのよ。ただし、ルールで、余命を預けたことを他人に言ったら、その契約は無効になるの。だから、本人はいくら聞いても口を閉ざしてるけど、あたしの予想では確実に余命を預けてるわ」

余命銀行が本当にあったなら、私はどうなるんだろう。暗闇でなにも見えなくなった世界に、一筋の光が射したように感じた。

なにも答えられない私に、武藤さんは静かに口を開いた。

「ここからが本題なんだけど、正直に答えてくれる？」

「……はい」

イヤな予感がして、一筋の光もかき消えてしまった。

「会社を辞める理由、人事部には『母親の介護』って説明したらしいけどウソでしょう？」

「……本当です」

ウソと見抜かれないためには相手の目を見て話さなくてはいけない。けれど、私を見る武藤さんの目が悲しみに包まれているようで、気づけば目を伏せていた。両膝を意味もなく見つめる私に、武藤さんは言った。

「花菜ちゃん、病気なんでしょう？」

その言葉は、頭に浮かんだおとぎ話を一瞬で消し去るほどリアルだった。


今思えば、予兆は半年前くらいからあった。

少し走っただけで息があがったり、疲れが取れなかったり。当時は今よりももっと人手が足りない時期だったので、忙しさが原因だと思い込んでいたけれど、三カ月前あたりからは寝ていても胸が苦しくなることが増えてきた。

健康診断の結果は心電図と血液で『再受診』になっていたけれど、忙しさにかまけてスルーしてしまった。

いろんな言い訳をしながらなんとか過ごしてきたある夜、呼吸困難に陥った。水のなかにいるようにうまく酸素が吸えず、思わず救急車を呼んだ。

そのまま先月入院し、精密検査をしたあと医師が告げたのは『拡張型心筋症の疑い』というよくわからない病名だった。

私よりも疲れた顔をした医師は、丁寧にこの病気について説明してくれたけれど、なにを言われたのか記憶が曖昧だ。

覚えているのは、拡張型心筋症の発症前の段階であること。発症すれば指定難病であるこの病の治療が必要になること。今はまだ疑いの段階だが、心不全などは起こりうるから予防治療を開始すると言われたことだった。

でも、まだ疑いの段階だし……。

なんとか自分を納得させていたとき、ギイと椅子を鳴らし医師がレントゲンを見あげた。

『このままだと、おそらく八年くらいでしょうね』

まるで天気の話でもするような口調で、命の期限を告げられた。

高台に建つアパートに戻り、手すりの錆(さ)びた階段をのぼる。今日は、ロッカーで胸が痛くなったくらいであとは大丈夫だった。

医師は病状が悪化するのはストレスも原因と言ったけれど、会社を辞めることが今の私にとっては最大のストレスだ。

階段をのぼり終えると深く深呼吸をした。行動のあとに深呼吸をすることが心臓への負担を減らすと、病院で渡された『拡張型心筋症の疑いのある患者さんへ』と書かれた紙に書いてあったので守るようにしている。

武藤さんの追及をなんとか逃れた自分を褒めてあげたい。明日からウワサされるのだけは避けたかったから。

そこまで考えて、もう関係ないんだとさみしくなった。

振り向くと、眼下にある住宅街のなかにオレンジの光がいくつか見える。その向こうには最寄り駅が白い光に包まれていた。

二階のいちばん奥の部屋の薄っぺらいドアを開け、抱えた段ボールをようやくおろした。スーツもそのままに、右側にある寝室に入るとベッドに倒れ込む。

1LDKのアパートは古いけれど、駅が近くて家賃も安い。会社までは電車を乗り継がなくてはいけなかったけれど、それも今日でおしまい。

「ああ」

今日何十回目かのため息をつき、ゆっくりと体を起こす。

「あと八年……」

この言葉も余命宣告をされて以来、何度も口にしている。

実感がなかった自分の余命は、こうしている間にも確実に短くなっている。同じように、絶望感も日に日に強まっていて、まるで暗闇のなかにいるみたい。

こんなことが自分の身に起きるなんて想像もしていなかった。

暗い部屋の隅で、線香花火のように黄色く点滅しているのは……スマホだ。手を伸ばしてバッグを引き寄せると、スマホの画面に『家田歌住実』の名前が表示されている。

「もしもし」

「花菜、無事に仕事終わった？　もう家？　体調は？」

矢継ぎ早に質問してくる歌住実に、

「えっと、全部の答えがＹＥＳかな」

と答えながらリビングへ向かう。テレビの前にあるローボードには、薬が陳列するように並べてある。

ふう、と歌住実がホッと息をつく音が聞こえた。

「そっかあ、お疲れ様だったね」

甘い声に、「うん」と答えてグラスに水を注ぐ。今はまだ三種類の薬だけど、これから徐々に増やしていくと説明を受けている。

「今度、お疲れ様会しようよ。ほら、新しくできたカオマンガイのお店、行きたいって言ってたでしょ」

同じ中学校に通っていた歌住実とは、高校一年生で同じクラスになってからさらに仲良くなった。歌住実はずっと変わらない。かわいくて天然で、同じ大学に進んでからも男女問わず人気だった。インスタだって毎日のように更新し続けている、流行に敏感なおしゃれ女子だ。

絨毯に座ると、少しだけ胸が痛い気がした。大丈夫、すぐに治まるはずだから……。

「ありがたいけど、まずは職探しをしなくっちゃね」

大変だと感じていることを、なんでもないような口調で言うようになったのはいつからだろう。

「そんなのすぐに見つかるよ。なんだったら私の会社も募集してるよ」

「歌住実の会社って東京でしょ？　いくらなんでも遠すぎるし、そもそもスキルがないって」

歌住実は出版社で働いている。最初は販売部、今は編集部にいるそうだ。

「横浜からなら電車一本じゃないの。初心者でも安心。在宅ワークも多いからおすすめなんだけどなあ」

ははは、と軽く笑う歌住実の声が、歌っているように軽い。

「さすがに友達と同じ職場は気になるし」

「私は気にしないよ」

「私が気にするの」

スマホの向こうで歌住実が不満げになっている。クスクス笑いながら、さっきの痛みが消えているのを確認した。

「しばらく実家に戻ったりするの？」

「ああ、それはないかな。しばらくはのんびりするよ」

家族にさえ本当の病名は告げていない。歌住実には『過労』が退職の原因と伝えてある。

「また近いうちに会おうよ」

「うん。会おうね」

電話の終わりには合言葉のようにこの言葉を言い合う。毎日のように会っていた歌住実とも、就職してからその機会は減り続けている。とくにこの二年間は数回しか会っていない。

仕事が見つかったら、きちんと歌住実にも会おう。

電話を切るころには、部屋を支配していた重い空気がマシになっている気がした。

そうだよ、まずは自分でもできる職を探すことからはじめればいい。

医療費は高額療養費制度というものがあることも医師に教えてもらった。最初に支払いをして、後日返還されるというシステムは厳しいけれど、趣味もない私だから貯金はそれなりにある。発症してしまったら、そのときは国の補助もあるそうだし、そこは心配しなくてよさそうだ。

これからは体と向き合いながらのんびり暮らしていこう。

人間なんて単純な生き物だ。安心したとたん、急に眠気が薄い毛布のように体を包み込んだ。

ふと武藤さんが話していた余命銀行の話が頭をよぎったけれど、すぐに頭から追い出した。おとぎ話を信じている場合じゃない。

安らかな気持ちはきっと明日の朝には消えている。この先に待っているのは平穏とは言えない厳しい現実なのだから。

「いい仕事が見つかりますように」

リアルな願いごとを口にしてからカーテンを開けると、空には今にも折れそうな三日月が浮かんでいた。

ハローワークは想像以上に空いていた。

会社から離職票が届いた水曜日の午後、はじめて訪れた建物はお世辞にもキレイとは言えず、薄緑の壁がところどころひび割れている。

雇用保険受給の申請と求職申込の手続きをしている間も、フロア内はガランとしていた。

「あー、持病があるんですかあ」

私が書いた求職票をじっと見つめながら、男性職員が頭に手をやった。カタカタとキーボードを弾くと、「ああ」とさっきよりも深いため息をつく。

「難病指定されている病気の疑いですか。なるほどなるほど。それではまた次回、ってことにしましょう」

あっさり言うと、職員は私に求職申込の用紙を返してきた。さすがにムッとしそうになるのをこらえて首をかしげてみせた。

「次回……ですか?」

「新年度がはじまるこの時期は、あまりいい求人がないんですよ。心臓疾患をお持ちですと、なるべく穏やかで体を使わない仕事を探したほうがいいでしょう。身体障害者手帳はお持ちですか?」

「いえ。あの先生がおっしゃってたのは――」

「申請すれば四級か三級が出るかもしれません」

その言葉に絶句する。それは医師からも言われたことだ。どうするかは来月の診察日まで保留にしてもらっている。

「さまざまな控除やスマホ代の割引も受けられます。なにより障害者雇用の枠で求職できるんですよ」

先ほどと違い、スラスラと淀みなく説明をしたあと、職員ははじめて私の目をまっすぐに見た。

「お体を大切にしながら、体調に合う仕事を見つけていきましょうね」

わずかばかりゆがんだ口元。ほほ笑んでいたのだとわかったのは、建物を出たあとだった。

　コートの前をギュッと合わせて歩けば、もうすぐ四月だというのに凍えるほどの冷たい風が攻撃してくる。

　職員の言うように申請をすればメリットも多いかもしれない。ただ、次の職場で持病についてオープンにすることにためらいを覚えてしまう。

　この数日、体調はとてもいい。息苦しさを感じることもないし、なによりよく眠れている。

「ストレスだったのかな……」

　会社を辞めたことで体調も安定しているのかもしれない。

　駅に続く古い商店街は、まばらにシャッターが閉まっていて歩いている人も少なかった。さっきのハローワークといい、まるで世界にひとり取り残された気分だ。

　横浜といえど、このあたりは田舎で栄えているのは駅前だけ。商店街を抜けると赤信号で止められた。この交差点を境に、徐々にビル街へとつながっていく。

　コンビニで買い物をし、無料の求人誌をもらって帰ろう。

　そんなことを考えていると「ねえ」と右側から声がした。最初は自分に話しかけられているとは思わなかった。

　チラッと確認すると、六十代くらいの上品そうな女性が私を見ていたので驚く。

「さっきは大変だったわね」

心配そうな表情をしている女性の髪は白く、うしろでひとつに結んである。メイクは薄めで、おばあさんとおばさんの中間くらいの印象だ。

「……え?」

私に話しかけているの?

フリーズする私に少し近づくと、女性は目じりのシワを深くしてほほ笑んだ。

「内藤(ないとう)くんって思ったことをズバズバ言っちゃうの。私も閉口しちゃうときがあるからわかるわ。室長にもしょっちゅう怒られてるみたいだけど、なかなか変わらないのよね」

さっきの職員さんは内藤という名前なんだ。そういえば名札にそう書いてあったっけ……。

「でもね、やさしいところもあるのよ。ちゃんと仕事を探す人を応援したいって気持ちはあるの」

それは……わかる気がする。私の体調も気遣ってくれたし、最後は笑みも見せてくれた。

うなずきかけて、ようやく我に返った。

「あの……」

戸惑う私に、女性はパッと両手を顔に当てた。

「イヤだ。自己紹介もしないでごめんなさい。私、鈴本朋子(すずもとともこ)です」

どこかで会ったことがある人だろうか。人材派遣会社で働いていると登録者に街で偶然会うことも多いけれど、何百人も担当しているから思い出せない。

「どこかでお会いしたことがありますか？」

「初対面よ。さっきハローワークにいたら話が聞こえちゃって。なんだか落ち込んでいるように見えたから、つい話しかけちゃったの」

肘にかかっている黒いバッグから書類が顔を出している。ハローワークの求人票ということは、女性も仕事を探しているのだろう。

「そうでしたか。私は――」

「花菜ちゃんでしょ？　苗字は聞き取れなかったから教えてくれる？」

「生内です」

「生内花菜ちゃんね。私のことは朋子さん、って呼んでくれるとうれしいわ」

ふふふ、と笑う朋子さんにどうしていいのかわからずにうなずく。

「聞こえちゃったんだけど、持病があるそうね？」

信号が青になり歩き出す。

「まだ疑いの段階なんですけど、あまり心臓に負担のかかる仕事はできなくって……」

どうして初対面の人にこんな話をしているのだろう。冷静に考えれば、いきなり自己紹介をして病気について尋ねてくるなんて怪しすぎる。

それだけ朋子さんが話しやすい人ってことなのだろうけれど、なんだか魔法にかけられているみたい。ううん、これはまるで催眠術だ、ペラペラとしゃべる口を止められない。

横断歩道を渡り終えると朋子さんが足を止めたので、私もそれに倣った。

「花菜ちゃんのエントリーシート、見せてほしいな」

「エントリーシート？」

初耳の言葉にキョトンとするが、すぐにさっき記入した求職の申込用紙だと思い当たった。

個人情報のオンパレードの用紙を、普通なら絶対に見せないはず。なのに朋子さんがあまりにも堂々と右手をパーの形で差し出すから渡してしまった。

朋子さんは用紙をじっと見ると、何度かうなずいたあと返してくれた。

「前職は人材派遣の営業。だから、接遇がしっかりしているのね」

「見掛け倒しです。営業といっても事務の仕事から現場までなんでもこなしましたから」

つい先日まで働いていた職場がなぜかキラキラとした思い出になっている。もう戻れないから過去を美化してしまうのだろうか。

「仕事、辞めたくなかったのね？」

静かにそう言う朋子さんに、思わず唇をかんでいた。そうしないと心にしまったはずの本音がこぼれそうだったから。

誰もが『忙しい』しか言わない大変な仕事だったけれど、私は好きだった。次から次へと生まれるトラブルをひとつずつ解決していくのも今思えば充実していた。

だからこそ病気が発覚した瞬間に、退職を決意した。見捨てられる前に逃げたかったから……。

感情を出さないようこらえる私の手を朋子さんが両手で握った。びっくりするほど温かい手に、不覚にも涙がこぼれそうになる。

「次はどういう仕事を探すつもりなの？」

「まだわかりませ……ん」

「せ」のところで、あっけなく涙は頬にこぼれた。

「あの……正社員がダメなら、それこそ派遣でもいいかなと思っています。いくつかの現場も経験していますから、座りながら作業のできる工場とかもわかっていますし」

「今は派遣でも社会保険に入れるっていうものね」

朋子さんが握っていた手を離した隙にコートの袖で涙を拭う。久しぶりに泣いたのがはじめて会った人の前だなんて、どうかしている。

なんとか話題を変えなくちゃ。

「あの、朋子さんはどういう仕事を探しているんですか？」

涙声にならないように意識して声を張った。朋子さんは目を丸くしたあと、なぜか目じりのシワを深くしてクスクス笑った。

「そうねえ。正社員で週休三日、ボーナスも多くて大型連休も多いところかな。もっと言うと、外出はたまにあるけど受付業務がメインの仕事」

「……そんなところあるんですか？」

きょとんとする私に、朋子さんは今渡ってきた交差点の向こうを指さした。

「じゃあ今から一緒に行ってみましょう。私、花菜ちゃんもそこに就職すべきだと思うの」

驚きのあまり声が出せずにいる私の向こうで、信号が再び青色に変わった。


自動ドアの向こうには小さなオフィスが広がっていた。

ここは……いったいなんの会社だろう？

三列に置かれたソファの向こう側にはカウンターがあり、奥が事務スペースのようだ。カウンターを境にして手前が、壁紙も床もソファも白で統一されているせいで、宙に浮かんでいるみたいな錯覚を覚える。反して、奥側は机も壁紙も黒系のものばかり。突き当たりには大きな窓があり、高い建物がないせいか春の空が大きく広がっている。従業員入り口と思われる裏口のドアは半分開いたままだ。

まるでオセロみたいなオフィスだけど、どこかで見たことがある気もする。

「じゃあ花菜ちゃんはそこに座って見学してね」

あっさりと言う朋子さんに、ギョッとしてしまう。

「見学？　だって朋子さんも求職中なんですよね？」

「ああ」と笑ったあと、朋子さんはバッグから求人票を取り出した。

「実は私、スパイなの」

「………………」

さすがに催眠術も解けたらしく、急に朋子さんが怪しく思えてきた。ひょっとしたら高利貸しのような仕事だったりして……。

のこのこついてきてしまったことを後悔しつつ、求人票に目を落とすと、質屋や学習塾のものだった。所在地はどれもここから遠い。

よほど顔をこわばらせていたのだろう、朋子さんは「やだ！」と手を口に当てた。

「冗談よ、冗談。支店長に同業他社の情報を探ってこい、って言われて行ってみたの。残念ながら情報は手に入らなかったけど、代わりに花菜ちゃんを見つけられたのよ」

「ひょっとして朋子さんは、ここで働かれているのですか？」

「そうなのよ。パート勤務だけどね。うちも人手不足で困ってたところだったの」

うれしそうに笑っているけれど、まったく状況が理解できない。

とにかく今は逃げ出したほうが良さそう。足先を自動ドアのほうへ向けるのと同じタイミングで、朋子さんが肩に手を置いた。

「興味がなかったら帰ってくれてもいいから、ね？」

朋子さんはいちばんうしろのソファに私を座らせ、カウンターの内側に入っていく。

頭のなかで警告音がしている。今すぐここを逃げ出さないと――。

「遅かったな」

低い声に顔を向けると、奥にあるドアから若い男性が出てきたところだった。なにか黒い物を胸に抱えている。あれは……猫？

葬式にでも出るような黒いスーツの男性は、スラリとした身長。フワッとした髪形で前髪が目にかかっている。黒縁メガネの向こうにある目は鋭く、笑顔が想像しにくい。

「遅くありません。これでも苦労して似たような職種を見つけてきたんですからね」

バッグから求人票を取り出す朋子さん。受け取る男性の胸元に、さっきの黒猫らしき動物はいなかった。

「学習塾？　全然銀行業務と違うだろ」

「銀行なんて引く手あまた。ハローワークに求人票が出てるわけないでしょう。支店長は世間を知らなすぎです」

怖そうな男性にも動じない朋子さん。ふたりはまるで親子みたい。ううん、おばあちゃんと孫のようにも見える。

あれ……？　今、銀行って言わなかった？

「そっか……」

見覚えがあると感じたのもそのはず。ここは私が普段利用している銀行と似たような造りをしている。でも、銀行にしてはあまりにも小さい。

ふと、視線を感じた。支店長と呼ばれた男性が私をじっと見ている。いや、前髪とメガネのせいでその瞳は見えないけれど、顔がこっちを向いている。

笑みもなく一文字に結んだ口に拒絶されている気分になった。

やっぱりついてくるんじゃなかった。帰ろう、と腰を浮かしかけたとき、音もなく自動ドアが開き一組の老夫婦が入ってきた。

年齢は八十代ほどだろうか。おじいさんは杖をついているけれど胸を張り、一直線にカウンターに向かう。おばあさんのほうは若干腰が曲がっていて、少し遅れてカウンターにたどり着いた。

「いらっしゃいませ」

いそいそとカウンターに座る朋子さんと目が合うと、ウインクをしてくる。『見ていて』ということだろうか……。

ソファに再び腰をおろすと、支店長は奥にあるデスクについたらしく私からは見えなくなった。

「ご来店ありがとうございます。お預け入れでしょうか？」

よそ行きの声で尋ねる朋子さん。

ああ、やっぱりここは銀行だったんだ……。派遣業務でも銀行の受付の仕事はあるし、実際何度か人手が足りず自分がヘルプに入ったこともある。

でも、正社員で週休三日制なんて銀行は聞いたことがない。そもそも普通の銀行なら、壁にキャンペーンポスターが貼ってあったり、預貯金をする際に必要な書類の案内などがあったりするはずなのに見当たらない。

ゆっくりと閉まる自動ドアの向こうは歩道につながっているし、そういえばＡＴＭもない……。そう、とにかくここは物が圧倒的に少ないのだ。

じっと考え込んでいると、おじいさんが「なあ」と朋子さんに顔を近づけるのが見えた。

「ここは余命銀行なのか？」

——ヨメイギンコウ。

ヨメイギンコウ、ヨメイ銀行……。

「えっ⁉」

無意識に漏れた声に反応したのは朋子さんだけだった。私を見て小さくうなずいている。

待って。ここは……あの余命銀行ってこと？

まさかそんなはずはない。あんなの、ただの都市伝説のはず。

「孫のために俺たちの余命を預けたいと思っててな。まさか、こんな家のそばにあるとは思わなかったな」

「本当ですね。いつも通っているのに気づきませんでした」

うれしそうに語る老夫婦に、ドッキリ企画に参加させられている気分が抜けない。こんな非現実なことを簡単に受け入れられるほど子供じゃないし……。

「それではおふたりの身分証明書を確認させていただきます」

朋子さんの言葉に、おばあさんが財布から保険証のような物を取り出した。

「ありがとうございます」と受け取った朋子さんの顔が、にわかに曇る。

「吉川健太郎様と、吉川美代様ですね。今回は、どなたに余命をお預けになる予定ですか？」

「ひ孫が生まれたんだよ。その祝いに、この老いぼれふたりの余命を贈ってやりたくてなあ」

「では、おふたりとも預け入れを希望されているのですか？」

　会話に耳を澄ましていると、ふと足になにか触れた気がした。見ると、黒猫がちょこんと座って私を見あげている。

　美しい毛並みは艶やかに光っていて、大きな瞳は毛よりももっと濃い色に見えた。触れようとする手からするりと抜けて、黒猫はまた私に目をやった。赤い首輪に添えられた鈴が、ちりんと音を立てた。

「残念ながら、健太郎様はお預けいただくことができません」

　その声に顔をあげた。

「は？　どういうことだ。なんで俺だけ預けられないんだ」

「健太郎様は現在八十四歳。余命をお預けいただける年齢を越えております」

「バカ言うな！　うちは女房のほうが年上なんだ。こいつのほうが越えてるはずだろうが」

　大きな声に怒りがにじんでいる。お客様と呼ばれる人たちは、ちょっとしたきっかけでクレーマーになってしまう。

　派遣のときもそうだ。理不尽なクレームを受けたスタッフが翌日から出社しなくなってしまったことも何度かあった。

「ご説明いたします。こちらをご覧ください」

朋子さんがタブレットを渡そうとするが、健太郎さんはすぐさま突き返した。

「こんな小さな文字は見えん」

「失礼いたしました。それではこちらを」

今度は大きなパネルを取り出した朋子さんが、説明をし出した。吉川夫婦が顔を近づけたせいで、話している声がうまく聞き取れない。

「わかるか？」

急に隣でした声に、文字どおり飛びあがってしまった。

「え……？」

見ると右側に、さっき支店長と呼ばれた男性が座っていた。両腕を組み、まっすぐ前を見ている。

いつの間に隣に来たのだろう……。

まさかさっきの猫が支店長に？　慌てて姿を捜すと、猫はさっきの位置で目を細めて私を見つめている。

咄嗟に声を出せない私に、支店長はアゴを動かし老夫婦を指した。

「じいさんのほうが年下。なのに、余命を預けられない。理由は？」

近くで見るとメガネ越しの瞳が見える。鋭く射るような目、高い鼻に薄い唇。黒いスーツのせいで映画に出てくる殺し屋をイメージさせる。

「え……あの……」

　喉がカラカラに渇いてしまい、かすれた声になってしまう。ぐっとお腹に力を入れ、支店長のほうへ体ごと向いた。

「ここは、本当に余命銀行なのですか？」

　チラッと私を見ると、支店長は長い足を組んだ。

「質問しているのは俺のほうだ。余命をじいさんよりも年上であるばあさんしか預けられないのはなぜだ？」

「それは……」

　考えろ、と脳に指令を出しても全然ダメだった。支店長の言葉がまるで外国語のように聞こえる。

「ヒントを出そう。今じゃ男女平等と言われているが、この銀行のシステム上、男性が不利なのは致し方ない」

　もう一度老夫婦を見る。ワーワーと文句を言う健太郎さんを、美代さんが必死でなだめている。

　ここが余命銀行だったとして、どうして男性が不利になるのだろう？

　最近は『シルバー人材』と呼ばれる高齢者も派遣に登録することがある。登録しているのは女性が多く、私が担当していた人のなかには八十歳を超えている人もざらだった。

「あ……」

ふと浮かんだ考えは、冷たい支店長の視線にかき消えてしまった。でも、ひょっとしたら……。

「寿命の問題でしょうか？」

おそるおそる口にすると、支店長は「ほう」と短く言った。

「もっと詳しく」

「その……平均寿命は女性のほうが高いと聞きます」

カウンターに立つふたりに聞こえないよう、声を潜めた。

「吉川健太郎さんには、預けるほどの寿命が残っていないのではないでしょうか？」

少しの間のあと、支店長は黒縁のメガネを取った。さっきよりもやさしいイメージの瞳が私に向いた。

「半分正解だ」

「半分……」

「ここでは、余命を預けられるかどうかの判断は平均寿命を用いてる」

日本では平均寿命は女性のほうが男性よりも長いと聞いたことがある。うなずく私を確認してから、支店長は肩をすくめた。

「じいさんは男性の平均寿命よりも長生きしてるから預けることはできない。ばあさんは年上とはいえ、女性の平均寿命を越えていないから預けることができるわけだ。あの年齢だと三年ほどだけどな」

「余命は可能な範囲で預けることができる。三年でも、一カ月でも、一週間でも一日でも」

「三年……」

そう言うと、支店長は音もなく立ちあがりカウンターへ近づいていった。

「お客様、失礼いたします」

私と話していたときよりワントーン声があがっている。

「なんだお前は」

鼻息が荒い健太郎さんに、支店長はゆっくりと頭をさげた。

「支店長の伊吹（いぶき）と申します。なにかご不明な点がございますか？」

さっきとは打って変わり笑みまで浮かべている。目がカモメみたいなカーブを描いているけれど、おそらく普段は笑わないのだろう。不自然な営業スマイルに口元がプルプル震えている。

「俺の歳が平均寿命を越えているから預けることができないって言われてな。足は悪いが、大病を患ったこともないのにふざけやがって」

顔を真っ赤にして怒る健太郎さんに、伊吹さんは深くうなずく。

「大変申し訳ありません。お客様のようにお元気なかたがたくさんいることをなぜ会社は理解してくれないのでしょう。本当に私たちも悔しい気持ちでいっぱいです」

うまいな、と素直に思った。スタッフではなく会社へとクレームの矛先をずらすテクニックは難易度が高い。

「ご意見はしっかり会社へ伝えておきます。今回は、ひ孫さんに余命を？」

「ああ」

幾分か溜飲をさげた健太郎さんが人差し指を立てた。

「もうすぐ一歳になる」

「一歳に？　おめでとうございます」

「その祝いに、余命銀行を見つけたら預けたいなって話してたら偶然見つかってな。あの子に余命を少しでも分けられるなら本望だよ」

もうホクホクした顔になっている健太郎さんが、ハッとした。

「なのに俺だけ預けられないなんてありえないだろ」

怒りは簡単に再燃したようだ。伊吹さんは深くうなずいている。

「今回はまことに残念です。ただ、ばあさ……美代様が預けることは可能です。おふたりからのプレゼントということにされてはいかがでしょうか？　今ですと手数料の割引キャンペーンもおこなっておりますし、最高のタイミングですよ」

にこやかに言うと、健太郎さんは美代さんに視線をやった。

「それなら、いいか」

「おじいさん、そうしましょうよ。ふたりからのプレゼントってことにすればいいじゃないですか」

　しかし、そこに異を唱えたのは朋子さんだった。

「先ほどのお話を聞く限りでは、美代様には高血圧の持病がございます」

「それがなにか問題でもあるのか」

「大ありです」

　椅子から立ちあがった朋子さんが、カウンターに置いていた先ほども見せていたパネルを胸に掲げた。

【余命を預けられるお客様へ】という大きな見出しがここからでも見える。いや、朋子さんが私にも見えるようにしてくれたんだ。

「ふたつめの項目をご覧ください。余命を預ける場合は医師の診断が必要となります。余命銀行の仕組みでは、余命と一緒に預けた人の病気も移管されてしまうんです」

「………………」

　思わず絶句した。身体状況も引き継ぐのなら、私はもう誰かに余命をあげることはできないのだ。そんな予定もないのに少しさみしくなった。

　伊吹さんが「まあまあ」と割って入る。

「大丈夫ですよ、高血圧くらいじゃ医師はダメとは言いません。子どもなんてみんな高血圧ですから」

　そんなわけない、と思わず言いそうになった。あまりにも適当な言葉なのに、老夫婦は気圧（けお）されたようにうなずいている。

「ダメです。支店長が契約したい気持ちはわかりますが、余命と一緒に高血圧をもらってもうれしくなんかありません」

「それは子どもが決めることだろ」

「一歳の赤ちゃんが決められるとは思いません。いいから、支店長はさがっていてくださ い」

ピシャリと言われ、伊吹さんはしぶしぶ一歩さがった。朋子さんが今度はその下に書いてある文章を指さした。

「さらに申しますと、一年以上の預け入れをされる場合は制約がつきます。預ける余命が多くなるほど審査も厳しくなります」

それからひと呼吸置いてから、朋子さんは前にいるふたりを見つめた。

「次の箇所が大事です。預け入れたご本人様は、預けたあとは一度しかその人に会えなくなります。つまり、美代様はあと一回しかひ孫さんに会えなくなるんです」

「な……会えなくなる？　なんだそれは！」

またしても怒り出す健太郎さんの腕に美代さんが手を置いた。

「あなた、今回はあきらめましょう。あの子に会えなくなるなんて、本末転倒じゃないですか」

「言われなくてもやるつもりなんかない。なんてところだ！」

杖を振り回すように店を出ていく健太郎さん。美代さんはお辞儀をしてからあとを追っていった。

「ありがとうございました」

頭をさげた朋子さんに、伊吹さんは大きくため息をついた。

「ったく、朋子さんは余計なことばかり言う」

「当たり前じゃないですか。ニーズに合ってないし、のちのちのクレーム処理のほうが大変ですって」

こういうことはこれまでもあったのだろう。平然と言う朋子さんをひとにらみしてから、伊吹さんはカウンターの奥に引っ込んでしまった。

「花菜ちゃん」

ヒラヒラと手を振る朋子さん。光に吸い寄せられる虫のようにカウンターまで行くと、朋子さんは首をかしげた。

「お待たせしてごめんね」

「朋子さん、ここは本当に……余命を預けられる銀行なんですか？　あの、私てっきり現実には存在しないと思ってて……」

春先だというのに背中が汗ばんでいる。まだ今起きていることが信じられずにいる私に、朋子さんはやわらかくほほ笑んだ。

奥にあるデスクについた伊吹さんは、もう私に興味がない様子でパソコンの画面とにらめっこをしている。メガネがモニターのライトで光っている。

「余命銀行はね、本当に必要な人の下に現れるみたいなの。たまに今みたいなイレギュラーなお客様も来るけれど、基本は待ってるだけの仕事よ」

「そうですか」

「で」とたっぷり間を取ったあと、朋子さんは上目遣いで私を見た。

「花菜ちゃん、ここで働けそう?」

「私が? え……でも」

まさかこういう展開になると思っていなかった。なんて答えればいいのか迷っていると、朋子さんが一枚の用紙を私の前に置いた。

そこには労働条件書が印刷されていた。初任給は……前職よりやや落ちるけれど悪くはない。勤務日は火曜日から金曜日と、本当に週休三日になっている。ボーナスもそれなりに……。業種は【受付業務】となっている。

「働きたい気持ちはあります。でも、私……健康診断で引っかかると思います」

「大丈夫よ。ね、支店長?」

うしろを振り返る朋子さんに、伊吹さんは画面を見たまま「ああ」と答えた。

「健康状態を調査されるのは客の立場になったときだけだ」

「…………」

――余命銀行が実在した。ここで私が働けるかもしれない。

……ひょっとしたら、ここで働くことで私の余命にも変化が起きる可能性はないだろうか。誰かに余命をもらえるとか、社員は余命が積み立てられるとか……。

　いつもなら打ち消す邪な考えも、自分の余命が短い今は気にしていられない。

「働かせてください。面接をどうぞよろしくお願いいたします」

　気づけば頭をさげていた。顔をあげると「あら」と朋子さんは笑った。

「面接ならさっきしてたじゃない」

「え？」

　朋子さんが伊吹さんに目をやった。

「面接の結果は合格だ。明日からでも働いてくれると助かる」

　ぶっきらぼうな口調で言うと、伊吹さんはマグカップを手にドアの向こうに消えてしまった。

　見送る朋子さんが、

「ほんと、素直じゃないんだから」

と、笑ったあと私に向き直った。

「支店長は野良猫みたいなの」

「野良猫？」

　そういえば、さっきの黒猫はどこへ行ったのだろう？　あ、伊吹さんの椅子の上にちょこんと座っている。

「ああ見えて、花菜ちゃんのこと気に入ったのよ。支店長があんなふうにいきなり隣に座る姿ってはじめて見たもの」

「そうなんですか……」

朋子さんが堪えきれない、という感じでパチンと手を打った。

「それにね、私があんなふうにきっちり説明しちゃうから、なかなか余命を預けてもらえないのよ。花菜ちゃんなら営業経験者だし、私たちも心強いわ」

「よろしくお願いいたします」

頭をさげながら、少しの罪悪感を覚えた。

私の余命はカウントダウンをはじめている。それを告げずに働いても良いのだろうか？

……でも、そんな私がここで働けることにきっと意味があるはず。

顔をあげると、向こうの椅子に座る黒猫がまるで私の心を見透かしたように目を細めていた。

第二章

大切な友へ

鈴本朋子さんは不思議な人だ。

ここに勤務してずいぶん経つそうだけれど、いまだにパート勤務のまま。聞くと、駅前にある書店でも働いているそうだ。年齢は六十二歳だと先日教えてくれた。

いろんな世界を知っている人はやさしい。ここでもベテラン風は微塵も吹かさず、親切すぎるほど親切に新人の私に業務を教えてくれる。

問題は、この余命銀行の存在がいまだにしっくりこない私のほうにある。

「つまり、この銀行は本当に必要な人しか入ってこられない、入り口が現れないということですか？」

「詳しくは私も知らないのよ。世の中には不思議なことってたくさんあるものだから疑うよりも受け入れろ、よ」

存在自体が曖昧なのだろう、ふんわりとした答えには混乱するばかり。

「あまり考えすぎないで。プレステ5で新しくゲームをはじめるとするでしょ。最初はルールがわからなくて投げ出しそうになるけど、やっているうちに気がつけば自然に覚えていることとあるじゃない？」

そう言われてもプレステ5は持ってないし、そもそもゲームをちゃんとプレイしたこともない。

朋子さんは趣味が多いらしく、ゲームだけじゃなく小説や漫画にも詳しい。

澄ました顔でお茶を飲んだあと朋子さんは、壁にかかっている時計をちらっと見た。

もうすぐ午後一時。今日はその時間までの勤務らしく朝からそわそわしている。

「じゃあ、そういうことであとはよろしくね」

「まだ時間あるじゃないですか。もう少し教えてください。私ひとりじゃ対応できませんって」

「大丈夫。そんなにお客さんなんて来ないんだから」

ベテランとは思えない発言をして、朋子さんはデスクの上を整理しはじめている。

入社して四日目。週末は三連休だ。

朋子さんの言うとおり、交差点のそばにあるというのに今週来店した客は二名だけ。看板も出ていない目立たない銀行だから当然といえば当然なのだけれど……。

「花菜ちゃん、今日の髪形とっても似合ってるわよ」

うしろでひとつに結ぶのは変わらないけれど、今朝はポニーテールに近い位置でまとめてみた。

「ありがとうございます」と言ってから、それどころじゃないと思い出す。

「もう一度確認させてください。お客さんが来たら、まず余命を預けられるかを確認し、可能なら申込書に記入してもらう」

「そうね。ええ、そうよ」

「重要事項説明書の内容を説明してから、口座開設の申込書。最後に医師に書いてもらう診断書を渡す。それが提出されて申請が通れば、後日個人面談を行う、ですよね？」

「そうそう」

「……ちゃんと聞いてます？」

「そうそう」

ダメだ。はあ、とため息をつく私に、朋子さんは小さく舌を出した。

「ごめんなさい。なんだか今日は落ち着かなくって」

しょうがない、とメモ帳を閉じた。

「息子さんが戻ってくるんですよね？」

「そうなの。静岡の大学に行ってててね。四月から四回生になったんだけど、男の子っていったん家を出ちゃうとなかなか帰ってこないじゃない？　だからうれしくって。前に戻ってきたのなんて成人式のときなのよ。それも一瞬チラッとだけ」

ため息をついているけれど表情は緩みっぱなし。よほどうれしいのだろう。

「遅くにできた子どもだからかわいいのよね。あ、お疲れ様です」

最後の言葉は裏口から入ってきた伊吹さんに向けて。彼は今日もコンビニの袋をぶらさげている。

この銀行に制服はないらしく、朋子さんは綿麻素材のワンピースを着ていることが多い。私も昨日まではスーツで出社していたけれど、今日からは薄桜色のシャツに紺色のテーパードパンツにしてみた。

一方、伊吹さんは相変わらず黒のスーツ姿。ネクタイだけは日替わりにしているらしく、今日は赤と白のチェック模様でお笑い芸人を連想させる。本人には言えないけれど。

「支店長、私はそろそろあがらせてもらいますね。花菜ちゃんひとりになるからよろしくお願いします」

「ああ」

ぶっきらぼうに答えると、伊吹さんはコンビニ袋をデスクの上で引っくり返した。ああ、また〝うまい棒〟だ。

慣れているのだろう、朋子さんはなにも言わずに帰っていった。

じっと見つめていたせいか、伊吹さんがギロッとにらんできた。

「なんか文句あるか？」

「ランチが毎回うまい棒だけ、というのはどうかと思うのですけど」

この数日で伊吹さんとも臆せず話せるようになってきた。

「バカ言え。ちゃんとやさいサラダ味もあるだろ。ほかにもコーンポタージュ味に納豆味まである」

胸を張る伊吹さんは、実は愛想のない人じゃない。そうではなくて変わった人なんだ、とこの四日間で学ぶことができた。

「花菜、昼休みは取ったのか？」

初日から呼び捨てで呼ばれることにも慣れた。

「はい、いただきました」

「俺がコンビニに行ってる間しか休んでないだろ。うちはホワイト企業なんだから、ちゃんと休憩は一時間取れ。今すぐに」

バリバリとうまい棒をかじりながら言う伊吹さん。それならばと言われたとおり、お弁当の残りを広げているうちに、伊吹さんはパソコン作業に戻っていた。

壁が分厚いのか、外の音はほとんど聞こえない。店内にBGMも流れていないので、まるでモノクロの無音の世界だ。伊吹さんがマウスをクリックする音が不規則なリズムを打っている。

「なんか……不思議なんです」

つぶやく私に、

「でかいひとり言だな」

なんて言う伊吹さん。一見無愛想に見えて変わっていて、さらにはデリカシーがないと心にメモを取る。

「余命銀行は子供のころからよくウワサになっていました。まさか本当にあって、しかもそこで働いているなんて不思議な気持ちです」

「ああ」

「ちゃんと存在しているのに、どうして都市伝説みたいになっているのですか？」

「知らん」

自分でも冷たかったと思ったのか「ただ」と、伊吹さんが続けた。

「利用した人には緘口令、つまり他人に話すことを禁じている。もし話せば、契約が無効になってしまうから黙ってるしかない」

「見学のときに来店されたご夫婦はどうなりますか？　契約していないから誰かに話をしてもいいんですよね？」

私が健太郎さんや美代さんの立場だったら誰かに話してしまうだろう。

答えを待つ私に、伊吹さんは思いっきり面倒くさそうな顔を張りつけている。

「契約に至らなかったヤツからは、ここに来たという記憶すら消えるんだよ」

「え、それってどうやって……それに、だとすると、どうしてこの余命銀行のウワサが広まるんですか？」

伊吹さんがこれみよがしにため息をついた。

「深く考えるな。この世には常識じゃ説明できないことなんて腐るほどある。疑うより受け入れろ」

「それ、朋子さんにも言われました」

考えないようにすればするほど疑問が湧いてくる。

小さいころからそうだった。納得できないことに積極的に突っ込んでしまう姿勢は変わらない。

「ただしここは会社だ。今週みたいに売り上げが低いのは非常に困る。四月から新しい期がはじまるから花菜にはがんばってもらわないと赤字になる。契約を取ることだけを考えろ」

「売り上げってお金じゃないですよね。余命をたくさん預けてもらうことが大切なんですよね？」

「当たり前だろ。普通の銀行なら、裏口が開いている時点ですぐに強盗に襲われてるさ」

どこまで本気かわからないことを言うけれど、働いてみてわかった。この職場はなにもかもが緩いのだ。そして伊吹さんはのらりくらりと余命銀行の詳しい説明をするのを避けている。

「お客さんが余命を預けるじゃないですか？　で、この申込書に書いてもらいます。そのあと、命をどういう形で預かるんですか？　説明してもらったんですけど、よくわからなくて、もう少し教えてください」

ボリ……。うまい棒を食べる音が止まった。しばらく咀嚼する音が続いたあと、伊吹さんはお茶を飲んだ。

「たとえば花菜がこいつに余命を預けるとするだろ？」

指さす先、朋子さんのデスクの上で黒猫が丸くなっている。名前をワトソンといい、ここで飼われている子だ。

「花菜が申込書を書く。そのときに余命を譲りたい人をひとりだけ指名する。今回はこいつだ」

黒猫は人間じゃないけど、と思いながらうなずいた。

「こいつは花菜の余命だけじゃなく身体状況も受け継いでしまうことになる。だから、主治医の診断書が必要になる。それもOKなら個人面談をして、晴れて余命が移管されるんだ」

　私はこの前の夫婦の客を思い出し、うなずいた。

「なん」

　呼応するように黒猫がかわいく鳴き、伊吹さんの机に移動した。

「余命の管理をしているのはそこ」

　指さすほうにあるのはカギのかかった部屋のドア。ちょうど、給湯室の向かい側にある。

「開かずの扉、ですね」

　ドアには大きすぎる南京錠がかけられている。初日にここは立ち入り禁止だと教えられた。

「そうだ」

　あの向こうにはなにがあるのだろう。ここは、ファンタジーとリアルが混じり合っている印象だ。

「昔のウワサでは、誰かに余命をもらっている間は歳を取らない、っていうのがありましたけど、あれは本当なのですか？」

「ああ」と当たり前のように伊吹さんはうなずいた。

「たとえば十年間の命をもらったなら、その期間は歳を取らないな」

「最強ですね」

素直な感想を口にすると、伊吹さんは顔をしかめた。なにか言われるかと思ったけれど、そのまま残りのうまい棒を食べだした。

「余命を預けた人は、その相手にあと一度しか会えないっていうのは本当ですか？」

「マニュアル渡しただろ？　あれに書いてあるとおりだ」

急にそっけなくなるのもいつものこと。カウンターに座り、初日にもらったマニュアルとメモ帳を開きながら復習をする。とにかく今日が終われば明日からは休みなんだし、がんばらないと……。

「ワトソン」

伊吹さんが黒猫に声をかけると、すぐにその頭をこすりつけている。

「なーん」

黒猫は伊吹さんに相当なついていて、呼ぶたびに返事をする。私には触らせてもくれないのに……。

集中しようとするけれど、伊吹さんは猫じゃらしで遊びだしたらしく、黒猫がバタバタと走り回る音が聞こえる。

「ワトソン、落ち着け。よし、いいぞワトソン」

どうしても気になる黒猫の名前。『どうしてワトソンという名前なのか』を聞いても、伊吹さんは教えてくれないまま。ちなみに三歳の雄猫とのこと。

緊張のせいか胸がさっきから痛い。呼吸は……大丈夫。新しい環境に慣れていないのだろう、昨日から体調があまり良くない。

初出勤の日に提出した履歴書の既往歴の欄には、病名と、現時点では罹患ではなく疑いがあるということは記載したけれど、伊吹さんは見ることもなく引き出しにしまっていた。

「にゃあ」

ワトソンが顔をあげ自動ドアのあたりを見た。

「こいつがワトソンという名前なのは、俺という優秀なる探偵の助手だからだ。ほら、客が来たって教えてくれてる」

なにも聞こえなかったけど、と顔を向けるのと同時に自動ドアが開いた。

店内に入ってきたのは女性がふたり。

どうしよう……。朋子さんがいないなかで対応しなくてはならないタイミングがついにやってきてしまった。

落ち着かなくちゃ、と深呼吸をした。

女性のひとりが私に向かって大股で歩いてきた。短めの髪に、しっかりとメイクをしていて、年齢は私と同じくらいに見える。

「いらっしゃいませ」

いくら緊張していても、そこは営業職をしていたので仕事用の仮面は瞬時につけられる。笑みを意識すると、私よりも緊張した面持ちで女性が「あの……」と口を開いた。

「突然すみません。違っていたら申し訳ないのですが、ここは余命銀行でしょうか？」

はっきりとした声で尋ねる女性に「はい」と答えると、彼女は短く息を呑んだ。

「やっぱり……。あの、間違いないですよね？」

「はい、余命銀行でございます」

今度こそ彼女はひまわりみたいな笑みを浮かべ、うしろを振り返った。

「ねえ、あったよ。本当にあったんだよ」

戸惑い顔で近づいてきたもうひとりの女性は、グレーの制服に紺のカーディガンを羽織っている。薄いメイクでも美しい女性は長い髪をひとつに結び胸元に垂らしている。

「え、まさか……。本当に？」

うなずくついでにカウンターの上に置いたマニュアルを再度見る。一段低くなっているので、ふたりからは見えないだろう。

「新規口座の開設でよろしいですか？」

「はい」

最初に声をかけてきた女性が答えた。

「契約者はどちらでしょうか？」

「ふたりともです」

これも最初の女性が答え、もうひとりの女性は私と彼女に交互に視線をやり、落ち着かない様子。もし私が彼女の立場でも同じような態度を取っただろう。働いている私ですら、まだ理解できていないのだから戸惑うのは当然だ。

「それではこちらのタブレットにご入力ください。余命を渡したい相手様の情報も同様にご入力をお願いいたします。あと、身分証明書のご提示をお願いいたします」

充電器からA4サイズのタブレットを外し、ふたりに一台ずつ渡した。ここまでは完全にマニュアルどおりだろう。

ふたりがタッチペンで記入している間、さりげなく振り返るが、伊吹さんはうまい棒のゴミをまとめ、ワトソンは優雅に毛づくろいをしている。つまり私には興味がないということだ。

タブレットの画面は、私の右隣にあるパソコンの画面とリンクしている。

最初に声をかけてくれた女性は、中根萌奈さん。二十七歳、ということは私よりもふたつ年上だ。職業は……カメラマン。

画面を切り替え、こっそり検索エンジンで『中根萌奈』を探すと、

「えっ……」

思わず声を出してしまった。

慌てて前を向くと、幸いふたりは入力に忙しく気づいていない。

モニターには美しい星空の写真が表示されていた。画面いっぱいに広がる星たち。ひときわ光っているのは北極星だろう。

この写真で中根さんは五年前にコンテストで賞を受賞している。有名なカメラマン事務

所に所属し、個展も全国で開かれていると公式サイトに書かれてあった。

もうひとりの女性は、木下望海さん。同じく二十七歳。この近くにある銀行に勤務……

え、銀行!?

画面には全国区の銀行の名前が表示されている。

無意識に姿勢を正していた。本業の人はいつだって同業他社には厳しいものだ。

「ねえ、萌奈。本当に……するの?」

木下さんが小声で中根さんに尋ねた。

「なに言ってるの。やっと見つけられたんだよ。やるに決まってるでしょ」

「でも……」

意欲的な中根さんと違い、木下さんは乗り気ではないらしくタブレットの入力が止まっている。

「私たち、中学生からの親友なんです」

最初は自分に言われていると気づかなかった。中根さんがまっすぐ私を見ていることに気づき、慌ててうなずく。

「いつか余命銀行を見つけたら、友情の証に十年ずつ余命を贈り合おうって約束してたんです。まさか本当にあるなんて驚きでしたが」

「そうでしたか」

「外観を見たときになぜか『あ、ここだ』ってわかったんです。看板も出てないから不安でしたけれど、実在していたんですね」

にこやかに笑う中根さんと違い、木下さんはフリーズしたみたいに動かない。

「なにかご心配ごとがおありですか？」

マニュアルには『本人の意思で契約をおこなうこと』と赤字で書いてある。今のままでは契約は難しいだろう。

不安そうに自分の髪をなでながら、木下さんは小さくうなずいた。

「だって……誕生日プレゼントを贈り合うのとはわけが違うじゃないですか。命を贈るなんて……あのときは空想の話だと思ってたから」

「なに言ってるの。前からの約束なんだし、ほら、早く入力しないとお昼休みが終わっちゃう」

せかす中根さんにますます木下さんは困った顔になった。ここはスタッフとしてきちんと話をしなくてはいけない。

マニュアルにさりげなく目を通し、「よろしいでしょうか」と声をかけた。

「余命銀行は、お客様の余命の一部をお預かりし、大切な人にお渡しする仕組みとなっております。木下望海様のおっしゃるように、命を預けるということは大変なことです」

そう言う私へのふたりの反応は正反対だった。さっきまで乗り気だった中根さんが臆するようにうつむき、気弱だった木下さんが同意するように目を輝かせている。

まるで今までと真逆だ。親友同士だからこそ反応も似ているんだろうな、と思った。

いずれにせよ、本人たちがしっかりと自分の意思で契約しなくてはいけない。だとすれば、急いで契約を進めないほうがいい。

「不安があるようでしたら、すぐに口座を開設しないほうが良いかと思われます。一度、しっかりと考えてから――」

そこまで口にしたときだった。椅子ごとうしろに引っ張られたかと思うと、伊吹さんが私の前に割り込んできた。

「今、こいつ……あ、スタッフが説明したとおり、余命を預けるということは大変なことです。しかし、考えてみてください。大変という字は、大きく変わると書くのです！　大きな変化に戸惑うのは当然でしょう。しかし、やらないとなにも変わらないのです！」

中腰で力説する伊吹さんは隣の席から椅子を移動させるとドスンと座った。

「申し遅れました。俺は――私は、支店長、伊吹と申します。生内が新人ですから私もサポートさせていただきます」

笑え、と自分に指令を出し口角をあげた。

木下さんはじっとタブレットに視線を落としたまま、

「大きく変わる……」

とつぶやいた。

「そうです。大きく変わるのです」

前のめりになる伊吹さんは、なんとしてでもふたりを契約させたいのだろう。普段の無愛想を隠し、にこやかに励ましている。

迷いながらも木下さんが残りの項目を入力しはじめるのを見て、やっと伊吹さんは場所を空けてくれた。

『どうだ、こうやるんだ。わかったか？』

こちらを見て目を細める伊吹さんの心の声が聞こえた気がした。

半ば強引な気はするけれど、私だって余命銀行からひょっとしたら余命を分けてもらえるかもと期待しているのは事実だ。まずは結果を出さないといけないだろう。

「ご確認いたします。中根萌奈様は木下望海様に余命を十年、木下望海様は中根萌奈様に同じく十年の余命を預けられるということでよろしいですか？」

「はい」

中根さんに遅れること二秒、木下さんも「はい」と答えた。

マウスをクリックし、ふたりのタブレットに重要事項説明書を表示させた。

「余命は、口座開設後八日間の待機期間を経たのちに移管されます。お互いの余命を十年間過ごされたあと、本来の余命へと戻ります」

ふたりは真剣な顔でタブレットを見ている。

「ただし、そこに記載されてあるとおり、当行は現時点のおふたりの余命を存じあげません。十年の余命がない場合も考えられます」

「え……」と木下さんが私を見た。

「その場合はどうなるのですか？」

「たとえば、中根様の余命が五年しかなかったとします。その場合は、五年だけ移管されます」

中根さんが眉をひそめた。

「じゃあ即日移管した場合は、今この場所で死んじゃうってこと？」

「一日だけ猶予がありますので、実際は二十四時間後ということになります」

……よね？　と斜めうしろを確認すると、伊吹さんが肩をすくめた。合っている、ということだろうけど、反応がわかりづらい。

「続きまして、口座開設の流れを説明いたします。契約書をご記入後、おふたりにはこちらの指定する項目の健康診断を受けていただきます。その後、個人面談を経たのち口座を開設いたします」

「すみません」

中根さんがカウンターに両手を置き、私を見つめた。

「今日、健康診断の用紙はもらえるのですか？」

不思議だ。口座開設に意欲的なのに、中根さんの瞳は不安で揺れているように見えた。

「重要事項の説明後にお渡しいたします」

マニュアルには、あとふたつ大切なことが記してある。

「手数料のお話をさせていただきます。余命銀行では手数料の代わりに余命をいただくことになっています。一年未満の余命移行では十パーセント、一年以上では五パーセントです」

「つまり」と伊吹さんがうしろから言った。

「十年間の余命移行には、約半年分の手数料がかかる。合わせて十年半の余命をいただくことになる」

もう敬語を使うのは止めたらしい。ぶっきらぼうな口調に冷や冷やしてしまう。

木下さんの顔がどんどん曇り、今にも泣きだしそうだ。この契約はどうやら成立しなそうな雰囲気だ。

「最後にもうひとつ、大事なことがあります」

そう言う私に、木下さんはイヤイヤをするように首を横に振った。

「一年以上の余命を相手に移管する場合、その相手とはあと一回しか会えなくなります」

何度マニュアルを見ても同じ言葉が載っている。自分が余命を差し出した相手に一度しか会えないなんてあまりにも残酷なルールだ。

逆に言えば、命を差し出すということはそれくらい重いということなのだ。

さぞかし木下さんは絶望しているだろう。が、チラッと顔を見ると、予想に反し木下さんは笑みを浮かべていた。

「なあんだ。それじゃあ意味がないですね」

さっきの悲愴感はどこへやら、ホッとした顔で立ちあがる。

「萌奈に会えなくなるんじゃ意味がないでしょ。萌奈、帰ろう」

「でも……やっと余命銀行を見つけたのに」

渋る中根さんに「もう」と笑いながら私に頭をさげた。

「今回は止めておきます。お時間を取らせてすみません」

「いえ……」

ふたりが出ていくと、カウンターの上にワトソンがするりと飛び乗った。

「最初にしてはうまく対応できたと思わない？」

尋ねても冷たい目で私を見てくるワトソン。私はタブレットを充電器に戻すと、カウンターの外に回り、ふたりが使った場所を消毒していく。

「花菜」

さっきと同じ位置で伊吹さんが私の名を呼んだ。契約は取れなかったけれど、対応としては及第点だろう。

「今のは三十点ってとこだ」

「……え？」

まさかそんな低い点数をつけられると思わず顔をあげると、苦虫をかみつぶしたような顔が見えた。

「あそこまで行って契約できないなんてありえない。これじゃあ予算を達成できないだろうが」

「すみません」

　謝りながら、ふと医師がしていた話を思い出した。『ストレスをためないように』と言っていたはず……。

「押しが弱いんだよ。営業の基本は押しだ。言葉巧みに誘導し、言い訳を断ち契約させることを勉強しろ」

　前の会社を辞めたのは、体調不良で迷惑をかけたくなかったからだけじゃない。ストレスから解放されたかったからだ。

　私でもできる仕事をのんびりやる、そう決めたはずなのにこれでは意味がない。

「お言葉ですが、私は営業職ではありません。受付業務、と雇用契約書に書かれていたはずです」

「は？」

　伊吹さんは黒いメガネをかけ直したポーズで固まっている。

「そ、それはそうだが、受付なんて営業も兼ねているようなもんだ。そもそも、元気なほうの女子は契約できそうだっただろ」

「女子ではありません。女性です」

「う……」

　どうやら伊吹さんは俺様な感じだけど、言い返されるのが苦手な様子。

「それに中根さんだって木下さんにあと一度しか会えないのであれば、契約はしませんよ。

そもそも最初からムリだったんです」

「そんなことはない。あの女子……女性のほうは、かなり本気だったぞ。長年働いている俺だからわかることだが」

胸を張って主張する伊吹さんを急に子供っぽく感じた。長年と言ったってまだ二十代だろうに。

「なん」

同意するかのように鳴いたワトソンが伊吹さんの膝の上にするりと飛び乗った。

「ほら、ワトソンだって同じことを言ってる」

「私はそうは思いません」

きっぱりと宣言する私を、伊吹さんとワトソンが冷たい目で見てくる。

「興味深い。どうしてそう思うんだ？」

さっきより声色を丸くし、伊吹さんが尋ねてきたので椅子を拭く手を止めて立ちあがった。

「私にも親友がいます。その子と余命を交換する約束をしていたとしても、あと一回しか会えないのなら契約なんてしません。向こうもそうだと思います」

「果たしてそうかな」

足を組むと伊吹さんは意味ありげにゆっくりとメガネをあげた。

「どういう意味ですか？」

「ひょっとしたらその友達は、花菜から余命をもらいたいと思っているかもしれない」

　さすがにこれにはカチンときた。

「そんなこと思うような友達じゃないです」

「そう断言できるほど、花菜はその友達のことを理解してるのか？　しょっちゅう会ってるならともかく、メールやＬＩＮＥじゃ本心まではわからない」

「え……。それはまあ、忙しいから最近は会えてないですけど……」

　電話で約束する『また近いうちに会おうよ』は、ちっとも果たせていない。コロナのせい、仕事のせい、気候のせい。いろんな理由をお互いにつけている気もする。

「たしかに会えない日が続いていますが、それでもこんな契約は絶対にしません。中根さんだって同じです」

　それでも契約したいというのなら、親友でもなんでもない気がする。

「人間なんてそんなに単純なもんじゃないだろう。余命を預けたいという気持ちの裏には、強くて深い思いが潜んでいるもんだ。そうだよな、ワトソン？」

「なん」

「俺の予想では、中根という女性は近いうちにまた来る」

「なん」

　真っ黒い人と真っ黒い猫が会話しているのを見ていると、言葉にはできないムカムカが込みあがってきた。

「絶対に来ません。断言します」

プイと自動ドアから外に出た。

余命銀行で働きはじめて一週間、最初から伊吹さんの態度には違和感を覚えていた。俺様な支店長の店で働くことになるなんて転職に失敗した気がする。

「心がないんだよね」

でも、ここで働けばひょっとしたら余命を分けてもらえるチャンスがあるかもしれない。そのためには余命銀行の仕組みをもっと知る必要がある。

そもそも前の仕事では今みたいに反対意見を言うことは許されない雰囲気だった。ということはストレスも減っているだろう。

伊吹さんも言っていた。大変なときこそ、大きく変われるときだと。

もう少しがんばってみるしかないか……。

頬に四月の日差しが当たっている。どんどん暖かくなる春のなか、暗い気持ちを抱えていちゃいけない。ストレスを感じるのは、自分が弱いからだ。

「よし」

気合いを入れていると、通りの向こうから誰かが駆けてくるのが見えた。私に向かって手を振り走ってくる。

それは――中根さんだった。

「なるほど、それで暗いのね」

朋子さんはお煎餅をボリボリ食べながら言った。

「はい」

「どうりで今日の支店長はいつにもまして元気なわけね」

「そういうことです」

カウンターに並んで座る火曜日。今ごろ伊吹さんはまたうまい棒を買っているころだろう。

あの日、中根さんは『忘れ物をした』と木下さんに言って戻ってきた。

『火曜日の午後に伺います。私だけでも契約させてください』

そう言うと再び踵(きびす)を返した。

大きく息を吐くと、朋子さんはクスクスと笑った。

「あまり考えすぎないで。うちを利用するかしないかは中根さん自身の問題なんだから」

「それはわかってるんですけど、普通、友達に二度と会えなくなるのに契約をしようと思いますか？　どうしても納得できないんですよ」

三連休の間も、なにかにつけて考え込んでしまった。お茶をおいしそうに飲んだ朋子さんが「まあ」と今日は客用のソファで寝転んでいるワトソンに視線を向ける。

「余命銀行は強い想いを持つ人を引き寄せるの。この間の老夫婦だって契約には至らなかったけれど、ひ孫さんに余命をあげたいって強く願っていたのよね。中根さんも同じだと思うし、切実に思わない私たちには理解できないわよ」

　朋子さんが言うとそんな気がしてくるから不思議だ。

「そういえば息子さんどうでしたか？」

　金曜日に息子さんが戻ってくるとよろこんでいた。と、見る見るうちに隣の朋子さんは頬を上気させとろけるような笑みを浮かべた。

「なんかあの子、就職の内定もらったんですって。驚かせたくて秘密にしてたみたい。『残りの大学生活は遊びまくる』なんて宣言してったのよ」

「それはおめでとうございます」

「ありがとう。って、私の手柄じゃないけどね。ただ、千葉に本社がある会社らしくて、やっぱり戻ってこないんだな、って少しさみしくなっちゃったけど」

　それでもうれしそうに朋子さんは言った。

　ふとワトソンが顔をあげ自動ドアのほうへ目をやった。

「にゃあ」

「ご来店ね」

　朋子さんの声に「え？」と言っている間に自動ドアが開き、中根さんが入ってきた。今日は黒いパーカーにジーパンスタイルで前回よりもかなりラフな恰好だ。胸元にはストラップ付きの一眼レフカメラがぶらさがっている。

「遅れてすみません」

私の前の席に座る中根さんの表情は少し緊張しているように思えた。

「ご来店ありがとうございます。あの……本当に余命を預けられるのですか？」

「はい」

間を置かずに答えた中根さんに、朋子さんがタブレットを渡した。すぐに入力しはじめる中根さんに、モヤモヤとした気持ちが込みあがってきた。

伊吹さんが戻ってきていないのを確認してから、「中根さん」と声をかけた。

「先日もお伝えしたとおり、契約をされてしまいますと木下さんにはあと一度しか会うことができません。それでもよろしいのでしょうか？」

「会えないというのは、物理的にですよね？　電話とかは大丈夫なんですか？」

「難しいですね」と、朋子さんが代わりに答えてくれた。

「今後、中根さんが木下さんに近づこうとするほどに、彼女の状況が変わり離れていくことになります。たとえば、どうしても会いたくて職場まで行ったら転職してしまったあとだったとか、電話番号が変わったとか。ＳＮＳも同じで、なんらかの理由で連絡はつかなくなります」

「そうですか……」

神妙な顔をしているけれど入力する指は止まらない。自分に置き換えてみる。歌住実とはあまり会えていないけれど、二度と会えなくなるなんて堪えられない。だからこそ、病気のこととここで働いていることは隠し続けないと……。

そう考えてふと気づいた。私が誰かから余命をもらえる可能性なんてほぼないということに。親しくもない相手に余命をあげようなんて、誰も思わないだろうから。

「どうして中根様はそこまでして余命を贈りたいのですか？」

思わず尋ねてしまうと同時に、中根さんの指が止まった。

「実は、望海がもうすぐ結婚するんです」

言葉と反比例するような低い声なのに、中根さんは口元に笑みを浮かべている。

「おめでたいですね」

「結婚祝いを兼ねて、なんて生内さんは理解できないですよね。でも、どうしてもプレゼントしたいんです。昔からの約束だったので」

そう言うと、中根さんは最後の署名欄にサインをし、タブレットを渡してきた。

「これでもう今日から望海には会いません。カメラ係を任されているので最後に会うのは絶対結婚式にしたいから」

大事そうに黒いカメラをなでる中根さん。結婚式が最後なんて一体どんな事情があるのだろう……。

トンと、朋子さんが横からマニュアルの一文を指さした。

『お客様のプライベートに介入しないこと』と書かれてある。そうだよね、中根さんの決めたことなのだから余計なことは言わないようにしないと……。

「では、口座開設までの流れについてご説明いたします。こちらがご提出いただきたい健康診断書となります」

「私も望海も、すぐそこの水野内科がかかりつけ医なんです。帰りに寄ってみます」

「受診後の結果を基に面談をさせていただきます。その後、八日間を経て口座が開設されます」

　中根さんはひとつうなずいた。

「そうすれば十年の余命が望海に行くわけですね？　このことは望海には……」

「告知はされません。もちろん、最後に会う日に中根様からお伝えいただいても――」

「いえ、私からは言いません」

　ギイ、と椅子を引き中根さんが立ちあがった。

「良かった。これで私の夢がかないます。本当にありがとうございます。結婚式では最高の写真を撮ってあげなくちゃ」

　軽やかに出ていく中根さんを見送る。

　言葉とは裏腹に悲しそうに見えたのはなぜだろう？

　主治医は、診断する間ずっと私に気を遣ってくれていた。希望的観測をいくつも並べてくれていたけれど、結果としては血液検査の数値が悪化しているそうだ。

総合病院は混んでいて、さっきからずっと会計を待っている。こんなにたくさん病気の人がいることに、少しだけホッとしてしまう。

それでも、私みたいに余命宣告された人なんて少ないんだろうな……。やがてこの病院に入院し、誰にも見守られずに衰弱していく未来が見える気がした。

「ああ……」

小さくため息をつくのと同時に、マナーモードにしていたスマホがポケットのなかで震えた。歌住実からのＬＩＮＥが届いていた。

【お疲れ様会＆再就職祝いいつにする？　カオマンガイ早く行きたい♪　どこに就職したかも早く教えてよね】

しばらく迷ってから【銀行に勤めてるの。どこかは内緒】と返事を打ち込んですぐに消した。歌住実のことだから、どこの銀行なのかを知りたがるのは目に見えている。

【落ち着いたら連絡するね。来月くらいかな】

送信ボタンを押すと同時に、診察番号が正面にある電光掲示板に表示された。自動精算機で支払いを済ませたら、今日の予定は終わり。

歌住実には、派遣で工場で働いていることにでもしようか……。余命銀行の契約者はほかの人に言ってはいけない決まりがあるそうだけれど、社員はどうなんだろう。今度、また朋子さんに聞いてみなくちゃ……。

入り口に向かっていると、たくさんの人のなかに知った顔を見かけた気がして立ち止まる。

振り返ると、会計待ちのソファに——あ、向こうも私に気づいた。

知っているけれど誰だかわかっていない様子に、いそいそと近づき頭をさげた。

「木下望海さんですよね？」

「ああ」と木下さんは目を丸くして立ちあがった。長いフレアのスカートがよく似合っている。

「余命……あ、いけない。生内さん、でしたか？」

「そうです。その節はお世話になりました」

「こちらこそ。こんなところで会うなんて」

クスクス笑う木下さんに、

「ご結婚されるとうかがいました。おめでとうございます」

と、社会人らしい気遣いをみせると一瞬で顔がこわばった。

「結婚すること……誰から聞いたんですか？」

すぐにしまったと気づく。中根さんはあのあと余命銀行に来ていない設定になっているのに、私は大バカだ。

「中根様が先日、忘れ物をして取りにこられたときにおっしゃってました」

平常心を意識して言うと、「ああ」と木下さんが納得したように緊張を解いた。

「そういえばスマホ忘れたって戻ってましたもんね。萌奈は学生時代から忘れ物女王でしたから」

木下さんは中根さんが余命銀行で口座を開くことを知らない。絶対にバレてはいけないことだ。

正直うらやましい気持ちがあった。木下さんは結婚をし、さらには親友から余命までもらえる。私とはまるで状況が違う。

イヤな感情を見ないフリしようとしても、一度生まれたものは見えてしまうわけで……。ああ、気軽に声をかけるんじゃなかった。

「結婚式楽しみですね。それじゃあ――」

とにかく会話を終わらせようとする私に、木下さんが「萌奈は」と言葉をかぶせた。

「もう余命銀行へは行ってませんよね？」

「あ、はい。全然、一度も、まったく」

しどろもどろにごまかす私に、木下さんは「良かった」とほほ笑んだ。どうやら信じてくれたみたいで胸をなでおろす。

「今ではあの子、めちゃくちゃ能動的ですけど、昔はあたしたち逆だったんです。むしろあたしのほうが積極的でした」

「そうなんですか」

会話の終わりを探りながら曖昧な返事をする。これ以上ボロが出ないうちに退散したい。

「カメラを習いはじめたくらいからでしょうか。どんどんキラキラしだして、今じゃあたしのほうが振り回されています」

うれしそうに言う木下さんに、私も笑顔になっていた。

——でも、ふたりが会えるのはあと一回しかない。

自動ドアから若い男性が入ってくるのが見えたのと同時に、木下さんがうれしそうに目を細めた。彼も木下さんを見つけ、軽く手を挙げた。

やさしそうな彼が、木下さんと結婚する相手だろう。このまま話を続けては、身分を名乗らなくちゃいけなくなる。

「それじゃあ私はこれで失礼します。保険の人ってことにでもしておいてください」

一礼して歩き出す。彼にも頭をさげて外に出た。

なにか違和感を覚えたけれど、春の日差しに溶けるようにすぐに消えてしまった。

やっぱり帰ったら歌住実に電話をしようかな。そんなことを考えながら帰途についた。


中根さんの健康診断書はメールで送られてきた。

てっきり本人が持参すると思っていたから意外だ。内容はいたって普通のもの。

「もっと詳しい検査が必要かと思っていました」

「は?」

うなるような声で伊吹さんはメガネのフレームを中指で押しあげた。伊吹さんの態度については、この数週間でずいぶん慣れてきた。基本不機嫌で、お客様の前でだけは笑顔。二十八歳、独身。下の名前はまだ不明。そんなところだ。

「だって命のやり取りってすごいことじゃないですか。これ以外の項目に異常がある可能性もありますよね？　本人が持病を隠す可能性だってあります」

「そんなの、俺からすればお茶の子さいさいだ」

「お茶の子、ってなんですか？」

聞いたことのない言葉に眉をひそめると、伊吹さんは「いや」と照れたように咳払いをしたあと、開かずの扉を指さした。

「あの部屋でそんなことはすぐにわかる」

えっと首を傾げる私に、伊吹さんは得意げな顔になった。

「ま、依頼者がウソをついていたらすぐにわかるってことだ」

自慢げに伊吹さんが両腕を組んだ。

「すごいですね。一体どんな仕組みで……」

自分の席へ戻りながら伊吹さんは呆れた声で言った。

「花菜は常識に囚われすぎだ。余命銀行で働くなら、一度信じてきたものをリセットしたほうがいい」

伊吹さんの言うことも一理あると思った。こんな不思議な銀行で勤務しているのだから。もっと柔軟に対応できるようになりたい。

「木下さんの情報も確認できるのですか？」

「いや。契約書を提出した人に関係する情報しかわからない」

なるほど、と心にメモを取っておく。たしかに誰の情報でもわかってしまうのはまずいだろう。

「ねえねえ」

隣の席にいる朋子さんがタブレットを私に見せてきた。

「中根さんは長野県出身ですって。たしか木下さんとは中学からよね？　そんなに長い間ずっと一緒だなんてすごいわね」

改めて中根さんが入力した項目をたどってみる。大学進学の際に神奈川に出てきたそうだ。きっと木下さんも同じタイミングなのだろう。

「いいわよね、青春って感じ。親友がプレゼントに余命を贈るなんて映画みたいじゃない」

ポワンとした顔をする朋子さんに、私はやっぱり賛成できない。

「でもおかしくないですか？　こんなに長い間親友だったのに、余命をあげてしまったら会えなくなるんですよ」

中根さんだけじゃなく、木下さんも隠しごとをしている気がする。

「余計なことは気にするな。花菜はただ事務的にやり取りをすればいい。表立って問題がなければスルーしろ。この契約は絶対に成立させるんだ」

平気でそんなことを言う伊吹さんを無視し、中根さんがタブレットに入力した情報を確認する。

続けて過去の受診歴をさかのぼろうとするが、未入力となっている。

「伊吹さん、中根さんの過去の受診歴とかは見られないんですか？」

振り向くと伊吹さんはもうデスクにおらず、開かずの扉のカギを開けているところだった。

「待ってろ」

部屋に入って数分後、彼は診断書のコピーを手に出てきた。

そのうちの一枚を見て大きく心臓が音を立てた。同じように朋子さんが隣で息を呑む。

「これって……」

それは、長野県にある精神科の病院名だった。中根さんは精神科にかかっていた過去がある。中根さんが余命を預けることにした経緯となにか関係があるんじゃないか。

けれど、開かずの扉から出てきた伊吹さんは興味なさそうにあくびをしている。

「そんな情報、ちっとも大したことじゃない。見ろ、二回受診しただけであとはかかってないだろ」

「でも……」

「あのなあ」と、伊吹さんがメガネ越しににらんできた。

「個人的な感情や推測は捨てろ。対象者に感情移入してもろくなことにならん」

場の雰囲気が濁るのを感じる。

たしかに、伊吹さんの言うとおり私だって不眠症になり精神科を受診したことはある。

でも、このふたりにはなにかある。言葉では言い表せない違和感がずっと拭えない。

「まあ、いいじゃない。個人面談すればぜんぶわかることなんだから」

朋子さんが助け船を出してくれたおかげで、伊吹さんは「まあな」と納得して席に戻っていった。

もう一度、中根さんの情報をいちから見直す。

そのたびに違和感は上塗りされたように濃くなっていく。

自動ドアが開く音がして顔をあげた。そこには、思いもよらない人が立っていた。


午後二時、約束の五分前に現れた中根さんは、いつもと変わらないように見えた。撮影の仕事を終えてから直接駆けつけたという彼女は、前と同じパーカーにジーパン姿で、カメラを両手で抱えている。急いで来たのだろう、春だというのに額に汗が光っていた。

向かい合うように配置し直したソファに案内し、自動ドアの電源を切った。個人面談の際にはいつもこうしているらしい。応接室があったほうが絶対にいいのに。とはいえ、現在はここの場所しかない。

私の隣には伊吹さん、向かい側に中根さんが座る形となった。朋子さんはカウンターの向こうにいる。会話を文字に書き起こすらしい。映像は監視カメラが記録しているのであくまで補助用とのことだった。

「今日で手続きが終わるんですよね？」

ニッコリとほほ笑む中根さんに曖昧にうなずいた。無意識に胸に手を当てていたのは、この数日ずっと息が苦しいから。

ストレスだけじゃなく、病気が徐々に進行しているのがわかる。たぶん、私の抱えている病気は疑いでは済まないレベルに来ているのだろう。最近、足のむくみもひどくなっているし、疲労感も強い。

それでも、この依頼だけはちゃんとやりたかった。たとえ、これが最初で最後の仕事となり、退職することになったとしても。

「手続きについては面談の結果次第ということになります」

「ええっ」と中根さんが目を丸くした。

「健康診断の結果は良かったですよね。『所見なし』って書いてあったし」

ムリして明るくしている、と感じた。ううん、これは先入観のせいかもしれない。

ゴホンと咳払いした伊吹さんが体を前のめりにした。

「今日はこいつ……生内が担当します。ちょっと手荒な面談になると思いますがすみません」

「わかりました」

うなずく中根さんに、伊吹さんは自分の頭をガシガシとかいた。

「少し前にうちの女子ふたりでコソコソ打ち合わせしてましてね。まあ、最終的には俺も同意しましたが……いや、せざるを得なかったというのが正解です。今どきの新人は無茶苦茶ですよ」

今度は私の頭をペシペシと叩いてくる。

「セパ優勝ですよ」

文句を言うと、伊吹さんは思いっきり眉間にシワを寄せた。

「野球のことか？」

「違います。セクハラ、パワハラがひどいって言ってるんです。中根さんもそう思いますよね？」

中根さんはカメラを構えるとシャッターを切った。

「証拠写真が必要ならいつでも言ってください」

「マジかよ……」

絶句する伊吹さんに中根さんはコロコロと笑った。ずいぶん緊張は取れたみたいだけれど、このあとの面談できっと彼女は怒るだろう。

――伊吹さんは私が立てた案に最後まで反対していた。朋子さんの助言がなければ実現しなかっただろう。

手元に置いたメモに目を落とす。息苦しさを今だけは忘れてこの件に集中したかった。

「おうかがいしたいことがあります」

姿勢を正し、中根さんを観察する。ここでの返答でシナリオは大きく変わるだろうから。

「高校生のときに精神科を受診されていますね。その理由を教えていただけますか？」

「そんなことまで調べられるんですね」

きっと困った顔になるだろう、という予想に反し、中根さんはなつかしむように笑みを浮かべた。

「高校生のころ、恋人が病気で亡くなったんです。ちゃんと受け止めたつもりだったけど、やっぱり眠れなくなって二回か三回お薬をもらいました」

「そうだったんですね」

中根さんは「ええ」とまっすぐに私を見た。

「悲しみに包まれている私を救ってくれたのは、望海だったんです」

伊吹さんがチラッとカウンターを見やった。朋子さんはカタカタとキーボードを打ち続けている。

「望海とはそれ以来もっと仲良くなりました。大学も同じところに通い、就職先は違いましたが、今でも親友なんです」

その言葉にウソ偽りはないように感じた。でも、その先にある大事なことを尋ねなくてはならない。

「これからひどい質問をします」

「はい」

「木下さんに余命を預けたらあと一度しか会えません。ひょっとして、そのあと、自ら命を絶つようなことはありませんか？」

私は、親友に会えなくなっても構わない、という裏に彼女が自殺する可能性があると思っていた。伊吹さんはバカにしていたけれど、どうしても聞きたかった。

「私が!?　まさか」

ビックリした顔のあと、おかしそうに中根さんは笑い出した。それが演技ではないことはすぐにわかった。

しばらく笑い続けたあと、中根さんは姿勢を正した。

「先ほども言いましたが、私は望海によって救われたんです。こうして生きているのは望海のおかげ。自殺なんてとんでもない」

言っていることは真実だろう。それなら伊吹さんの言うように事務的に事を進めればいい。そうじゃないと、伊吹さんとの関係が悪化し、余命をもらえるチャンスを自らつぶすことになる可能性もある。

わかっていても自分が抑えられなかった。

「命を大切にしている人は命を贈ったりしないと思います。中根さんのしていることは矛盾しています」

「それを余命銀行の職員が言いますか？」

まだ笑みを浮かべたままだけれど、中根さんの声はトーンがさがっていた。

「どうしても……聞きたいんです」

まっすぐに見つめる私から視線を外し、中根さんは首を横に振った。

「なんと言われても、私は自殺なんてしません。望海に結婚祝いとして余命を贈りたいだけなんです」

「なあ」と伊吹さんが言った。

「これで問題はなくなったんだからもういいだろ。さっさと最終手続きをしろよ」

「まだです」

ピシャリと言ってから中根さんに向き直った。そう、まだダメ。

「違和感がずっとあるんです。それを解決してからでないと契約はできません」

「違和感と言いますと?」

中根さんの目がさっきよりも翳(かげ)ったように思えた。

「最初は中根さんの表情でした」

「私の?」

「木下さんが結婚されると教えてくれたときのことです。本来なら親友が結婚することをよろこぶはず。もしくは先に嫁ぐことへ嫉妬するか……。でも中根さんはまったく違う表情をされていました」

目を伏せた中根さんに、あの日のことを思い出す。

「あのときの中根さんは、あまりにも悲しい顔をしておられました」

まるでこの世のすべてに絶望しているような顔だった。そう、あれが最初の違和感だったんだ。

「先日、総合病院で木下さんに会いました」

「え……」

顔をあげたあと、中根さんは恥じるようにサッとうつむく。

「おふたりのかかりつけは水野内科だとうかがっていました。それなのにどうして木下さんは総合病院にいたのでしょうか」

「それは……」

「今回、申し込みをされたのは中根さんです。私たちはあなたの情報しかわかりません。本来なら、契約者に問題がなければ口座を開設することは可能です」

「だったら！」

腰を浮かして叫ぶように中根さんが言った。

「だったらいいでしょう？　どうしても望海に余命をあげたいの。だから、だから……」

最後は小声になり、沈むように中根さんはソファに崩れ落ちた。

「昨日、木下さんが来店されました」

「え……望海が？」

うなずきたいけれど、さっきからどんどん息が苦しくなっている。

「俺が話す」伊吹さんが前を見たまま言った。

「木下さんは、あなたが余命を預けたがっていることを心配していた。もちろん俺たちには守秘義務があるからなにも答えなかった。が、隠しておくのはムリだろう」

「そんな……」

もう中根さんはしおれた花のようにうなだれてしまった。

「このまま口座の開設はできない。できるとしたら、あんたが正直に話をしたあとだ」

深呼吸をしていると徐々に息がしやすくなってくる。

「お願いします。お話しください」

頭をさげると、逆に中根さんが吐く荒い息音が耳に届いた。

どれくらいの時間が過ぎただろう。

中根さんが「あれは」とつぶやいた。

「半年前くらい前のことです。望海の婚約者に呼び出されふたりきりで会ったんです」

絞り出すようにゆっくりと中根さんは言った。

「河口(かわぐち)さん……望海の婚約者の名前です。彼に言われました。『望海の病気が発覚した』と」

見る見るうちに中根さんの大きな瞳に涙がたまっていく。

「望海は手術をして良くなったと思っているけれど、本当はもう手遅れだって。もう助からない、って……。膵臓ガンだと教えられました」

「中根さん……」

「信じられなかった。なんで望海が、って。どうして私じゃなくて望海が死ななきゃいけないの？」

嗚咽を漏らす中根さんにかける言葉が見つからない。ハンカチで目を拭った中根さんが怒った顔で私を見た。

「河口さんは結婚式を早めました。でも、わかるんです。望海がもし自分の病気のことを知ったなら、きっと河口さんに別れを告げるって。そういう子だから」

「だから、余命を分けようとしたのですね」

絶え間なくあふれる涙を拭うのをあきらめ、中根さんはうなずいた。たくさんの葛藤の末に出した答えなのだろう。

「余命銀行のウワサはずっと知ってました。偶然見つけたときはうれしくてたまらなかった。望海は病気を持っているから預けられないって、最初からわかっていました。そもそも、望海の性格だと躊躇しちゃうだろうな、って思ったから一緒に行ったわけですけど」

「だから、あとで戻ってきたんですね？」

「私だけが契約できればいい。たとえもう会えなくなっても、望海がどこかで生きているだけで、それだけで良かったの！」

きっと中根さんは木下さんが少しでも幸せになってほしいと思ったんだ。木下さんがたとえ十年間でも愛する人と過ごしてほしい、と……。

ダメ、と思ったときには遅かった。あっけなく涙で視界が歪んでいく。

中根さんが両手を膝の上でギュッと握りしめた。

「お願い……。私は望海に救われたの。このままじゃきっと望海は自分の病気に気づいてしまう。その前に余命を、おね、がい……」

そしてまた、沈黙。

キーボードを打つ音だけが聞こえる店内で、どんな言葉を言ってもうつむいて涙を堪える彼女には届かないと思った。

「俺にはわからん」

ため息混じりの声が伊吹さんから発せられた。

「親友という定義がなんなのか、そういう概念のない俺にはわからん。言えるのは、花菜、さっさと契約を進めろということだけだ」

「ちょっと待ってください！」

ここまで聞いてそんなことを言うなんて驚いてしまう。伊吹さんは『うるさい』とでも言いたげに手を目の前でブンブンと横に振った。

「いや、待たない。お前が直接中根さんと話したいと言うから任せたけど、もういいだろう。中根さんの契約には問題がないんだからさっさとやれ」

「それはそうですけど、もう少し話し合う必要があると思うんです」

「どこにあるんだ。いいか、ここは余命銀行だ。余命を預けたい客がいて俺たちがいる。

いい加減、目を覚ませ」

　あんぐりと口を開ける私に、

「お願いします。契約をさせてください」

　中根さんが頭をさげた。

　親友のためにそうしたい気持ちは痛いほどわかる。でも、本当にこれで正しいのだろうか……。

「あ、ダメよ」

　慌てたような朋子さんの声が聞こえて振り返ると、隠れていたはずの彼女が出てくるところだった。悲痛な表情を浮かべたまま、私たちの前に来たのは――木下さん。

「え、望海……どうして」

　幽霊でも見たように真っ青になった中根さんが、次の瞬間私をキッとにらんだ。

「望海に話したんですか。ひどい……ひどすぎる」

「いえ、そうじゃなく――」

「余命を譲る相手にはなにも言わない、って言ってましたよね!?　どうしてこんなことを……!」

　もう中根さんは真っ赤になって震えている。木下さんが中根さんの隣にひょいと腰をおろした。

「萌奈の悪いクセが出てる」

「え？」

「そうやって勝手に思い込むところ。昔から変わってないんだから」

クスクス笑ったあと木下さんは「あのね」と上目遣いになる。

「病気のこと、あたしが気づかないはずないじゃない」

静かでやさしい声だと思った。中根さんがハッと我に返ったようにうつむいた。

「……知ってたの？」

「何年親友やってると思ってるのよ。河口さんとふたりでコソコソ連絡取り合ってたのも知ってたし、手術のあとムリして元気そうに振る舞ってることもわかってた。ふたりともウソが下手すぎ。ああ、あたし治らないんだなって覚悟してたよ」

木下さんが中根さんの手に自分の手を重ねた。

「余命銀行は必要な人の下にしか現れない。伝説を信じるなら、萌奈の強い気持ちがあったから現れたんだよね？　だからあたし、こないだここに確認しに来たの」

ショックのあまり声も出せないらしく、中根さんはぼんやりした目で私を見た。

「木下さんが来店されたとき、私たちはなにも答えませんでした」

「だから」と、木下さんが言葉を受け継ぐように続けた。

「あたしも口座の開設を申し込んだの。病気があるから却下されるにしても、申し込みさえすれば萌奈のことを教えてもらえるでしょう？」

「ああ……」

はらはらと涙をこぼす中根さんに、木下さんは首を横に振った。

「今日面談があるのは萌奈のスケジュールを聞いてなんとなくわかってた。だから昼過ぎから『萌奈が帰るまでは出てこない』って約束でここに隠れてたの」

「ったく、約束は守れよな」

両腕を組んだ伊吹さんが不満を口にしたけれど、そもそも揉めたきっかけはそっちにある。

しっかりしろ、と自分に言いきかせて私は中根さんを見た。

「中根さんに聞いてほしい話があります」

「………」

拒否を示すように中根さんは何度も首を横に振っている。

「いえ、聞いてください。余命銀行では一年以上の余命をお預けいただくと、その人にはあと一度しか会えません。でも、一年以内ならその制限がなくなるんです。だから、三百六十四日の余命を預けてはいかがでしょうか？」

ゆっくり私に焦点を合わせた中根さんが、ハッと木下さんに顔を向けた。

「生内さんが調べてくれたの。一年以内なら、手数料は高いけど会えなくなることはないって」

正確には、伊吹さんが面倒くさそうに教えてくれたこと。

「でも一年たったら、また望海は病気に……」

「もう」と、木下さんが中根さんを抱きしめた。「あたしにとっては十分すぎる時間だよ。萌奈とも会えるし、夢だったお嫁さんにもなれるんだから」

「望海……」

涙にむせぶ中根さんを抱く木下さんは、まるで母親のように見える。それは、自分の死を受容した強さにも思えた。

「生内さん」

涙を必死で堪えながら中根さんが私を見た。

「契約します。私の余命を三百六十四日分、望海に分けてください」

木下さんも私を見て静かな笑みとともにうなずいた。

「承知いたしました。個人面談を終了します」

伊吹さんを見ると肩をすくめてそっぽを向いている。反対しないところを見ると、これで良しということだろう。

「萌奈」と木下さんは親友を抱きしめた。

「あたしね、残りの日を大切に生きる。萌奈と河口さん、ほかにも大切な人にちゃんとお別れができるように精一杯生きるから」

「うん……うん」

抱き合うふたりのそばに、いつの間に来たのかワトソンが黒い尻尾を立てて近づいた。

私には触らせてもくれないのに、ふたりの足元に顔をこすりつけている。

「ほら、さっさと契約を完了しろ」

伊吹さんがせかすのでカウンターにタブレットを取りにいくと、朋子さんが涙をこぼしながらほほ笑んでくれた。


「ありがとうございました」

店の外までふたりを見送るころには、夕日が空を赤く染めていた。

「こちらこそ、ありがとうございます。ひどいこと言ってごめんなさい」

泣き腫らした顔で中根さんがほほ笑んだ。私もきっと同じ顔をしている。

「大丈夫です。伊吹さんに鍛えられていますから」

「うるさい。愛のある教育だ」

ムスッとした顔で隣の伊吹さんが言った。

「これで八日後に余命が移行されるんですよね？　だったら旅行に行かない？」

中根さんの提案に、木下さんは「やめとく」と速攻で断った。

「だって萌奈、絶対に湿っぽいこと言うもん」

「言わないって約束するから。久しぶりに駒ヶ岳に行こうよ」

「それって地元じゃん。まあ、考えておくよ」

木下さんが私の前で足を進めた。

「約束、お願いします」

「もちろんです。今後、木下さんへの余命の移行はどなた様からも受け取りません」

さすが親友期間が長いだけあって、木下さんは再度中根さんが余命を預けに来ることや、婚約者の動向も予測しているようだ。

不満げな中根さんの手を取ると、ふたりして帰っていった。ふたつの影がひとつに重なり、揺れながら遠ざかっていく。

「中根さんも木下さんも本当に良かったですね」

隣の伊吹さんに言うと、伊吹さんは思いっきり顔をしかめた。

「ちっとも良くない。契約が十年から一年弱に減ったんだぞ。少しは反省しろ」

そう言われるとたしかに申し訳ない気もしてくる。

なるべく余命銀行に貢献しているところを見せて、なんとか私も余命を分けてもらいたい。が、最初の仕事の難易度が高すぎてそのやりかたを探るどころではなかった。

「次はがんばります」

そう、まずはしっかり契約を取らないと。

夕日に誓う私に、

「あーあ」

わざとらしくため息をつく伊吹さん。

「そんな素直に言われると、これ以上叱ることもできない」

さっさと店内に戻る伊吹さんを見送ってから、角を曲がるふたりに大きく手を振った。

いつの間にか胸の苦しさは治まっていた。

「にゃあ」

足元にワトソンが座っている。

「私知ってるの。さっき、たぶん伊吹さん、わざと木下さんが登場するようにもっていったよね？」

あの契約は、あそこで木下さんが出てきてくれたからこそ、うまくまとまったようなものだ。ああ見えて、伊吹さんもいろいろと考えてくれているのかもしれない。

ワトソンは答えずに、まぶしそうに空を見ている。

余命銀行の仕事についてはまだまだ新人だし、うまくできる自信なんてない。

それでも、中根さんと木下さんの笑顔が見られて良かった。それ以上に、こんな自分でも役に立てたことがうれしい。

「もう少し、私もがんばってみようかな……」

どこまでできるかわからないけれど。

胸に手を当て深呼吸をひとつ。夕暮れというのに暖かい風が吹いていた。

第三章

僕の命を君にあげる

話しはじめた瞬間、学生時代に戻った気がした。

大学時代からの親友である家田歌住実に会うのは数カ月ぶり。メールや電話で連絡は取り合っていても、なかなか会う機会がないまま今日まで来ていた。

ブランクを感じることなく、近況や学生時代、将来のことなどをタイムマシーンに乗っているように時代を行き来しながらふたりでしゃべり続けている。

この居酒屋『とびまる』は歌住実のお気に入りの店で、以前も何回か連れてきてもらったことがある。今日は私の再就職祝いを開いてくれている。

小さな店のカウンター席にいるのは私たちと、ひとりで来店しているサラリーマンだけ。奥にある四人掛けのテーブル席のうちひとつはさっきまで若いカップルがいた。

「でもさ、私たちももう二十六歳でしょう?」

歌住実がウーロンハイを飲み干してため息をついた。

「私はまだ二十五歳なんだけど」

すかさず訂正する私に、歌住実は「ああ」とうなずく。

「プレゼントもらったっけ。ありがとうね」

昔は誕生日のたびにプレゼントを贈り合っていたけれど、ここ数年はコーヒーチェーン店のデジタルチケットで統一することになった。

この居酒屋も、歌住実はよく来ているらしいが、私にとっては一年以上ぶりになる。

歌住実は変わらない。スリムで、栗色の髪はゆるくパーマをかけていて濡れたような艶があるのも昔と同じ。メイクも完璧で、メイク道具はどれも私が使っている物の倍以上するようなものばかり。デパ地下のブランド化粧品のスタッフとも顔見知りの関係だそうだ。

「また花菜より年上になっちゃったってことかぁ。ゲロゲロ」

こんなにキレイなのにおやじくさいことを言うせいで、やっとできた彼氏にも最後は『なんか思ってたのと違った』とフラれてばかりの歌住実。

「それにしても花菜、過労のほうは大丈夫なの？　新しい職場はブラックじゃないのね？　みんないい人って本当なの？　すみません、おかわり！」

聞くだけ聞いて返事を待たず、空になったグラスをスタッフにアピールしている。こういうところも変わらない。

「過労は大丈夫だし新しい職場もいい人ばかりだよ。まあ……上司はぶっきらぼうだけど」

伊吹さんの仏頂面を思い出し、すぐに頭から追い払う。入社して一カ月弱、あいかわらずイヤミも多いし不親切だけど、人は慣れていく生き物。最近ではやさしくされると違和感を覚えるほどになった。

「イヤな上司がいるなんてあたり前田のクラッカー。うちだってひどいのいるもん」

あたり前田のクラッカーは、歌住実が最近よく言うおやじギャグのひとつ。調べたところ昭和のギャグらしい。

「花菜が銀行で働くなんて予想外だったわ。なに銀行だっけ？　口座作ってもいいよん」

「銀行っていっても、地方銀行を取りまとめているオフィスがあってね。そこの事務職だから表には出てないの」

さすがに余命銀行のことは言えないので、用意しておいた答えをスラスラ口にした。これから仕事の愚痴を言うこともあるだろうし、架空の職場を作ることにしたのだ。

「へえ、そんなところがあるんだぁ」

信じてくれた歌住実にホッとしつつ、ウソがこれ以上こぼれないようにウーロン茶で口を塞いだ。

「ウーロンハイお待たせ。花菜ちゃんお久しぶりです」

グラスを持ってきたのは店長のひとり息子である飛鳥くん。前に会ったときは丸坊主だったのに、茶髪で軽くパーマをかけている。半袖のシャツから太い腕がぬっと出ている。

「お久しぶり。飛鳥くんももう大学生なんだってね」

「あっという間に二年生になりました」

「もう二年生なんだ。今も野球は続けてるの？」

「いえ」と空いたグラスを歌住実から受け取り肩をすくめた。

「大学生ってお金かかるじゃないですか？　親父はあのとおりケチだし、ここでバイト三昧ですよ」

「誰がケチだって？」

カウンターのなかからギロッと店長がにらんだ。昔から『店長』と呼んでいるので名前は知らない。強面だけど笑うと人懐っこいのが特徴。店の名前が大きくプリントされている青色のTシャツがよく似合っている。

「俺がケチなんて冗談はよし子ちゃんだ。お前が働けるところなんてここくらいしかねーだろうが」

　年齢は五十歳くらい。歌住実がここの常連なのは、親父ギャグ好きという共通点があるせいだと推測している。

「花菜ちゃんまたキレイになったな。おじさんうれしいようなさみしいような――」

「はいはい。今は女子トークしてんの。ふたりとも仕事に戻って」

　歌住実がふたりをあしらうのを見て笑ってしまう。

　ふたりが退散すると同時に、サラリーマン四人組が入店した。すでに酔っぱらっているらしく、声が大きいので私たちは自然に顔を寄せ合う。

「なんにしても体には気をつけてよ。仕事なんてぶっちゃけなんだっていいんだからさ」

「ありがとう。そういう歌住実はどうなの？　編集の仕事って大変でしょう？」

「そんなのどこも同じよ。今は書籍じゃなくて雑誌の編集部に変わったし」

　そういえば部署が変わったって言ってたような……。自分のことで精一杯になっていたのだろう、聞いたはずなのに失念していた。

　またウーロン茶で喉を潤しながら、なにげなく歌住実を見る。

　もしも……私が余命宣告をされていることを知ったら、歌住実はどう思うのだろう。

本来なら伝えるべきなのだろうけれど、こんなふうに飲みに行ったりもできなくなりそう。歌住実が心配性なことは長年の経験でわかっている。だからこそ、言う勇気が出ない。

「おばさんは元気してる?」

話題を変えると、歌住実は今日いちばんの苦い顔をした。

「元気すぎるほど元気だよ。もう口うるさいったらありゃしない。あんな家、早く出てってやるんだから」

「はは。それ、大学生のときからずっと言ってるじゃん」

「私だって早く出たいよ。でも、奨学金の返済もあるし化粧品だって高いし。でも、私の名前は家田歌住実でしょう?　実家に住むしかない運命なのよ」

反論してくるかと思ったのに、あきらめたような口調で言っている。

運命か、とウーロン茶を飲んだ。

名前と結びつけるなら私だって同じだ。生内花菜なんて、『生きている内が花』みたいだし。

「ん?　どうかした?」

「なんでもないよ」

鋭い歌住実に笑みを返しながら改めて心に誓う。

余命の少ない私にできることはただひとつ。職場で伊吹さんに認められ、僅かでもいい、余命を分けてもらえるよう頼むことだと。

「生きている内が花なのよねぇ」

　昼休みに突然つぶやいた朋子さんに、手にした総菜パンを落としそうになった。

　昨日は大変だった。あのあと二次会でカラオケに行き昭和歌謡ばかりを熱唱したあと、歌住実は眠りこけてしまった。結局タクシーで彼女を送って、自分の家に帰りついたときには日付が変わっていた。

　歌住実はリモートワークだと言っていたからいいけれど、私は金曜日まで出勤しないといけない。でも、それが終われば待ちに待ったゴールデンウイークだ。

　今年の中日の五月一日と二日は、余命銀行は定休日だそうだ。少しでも休みが多いのはありがたい。

「なんで朋子さんがその言葉を知ってるんですか？」

「有名なことわざでしょう。花菜ちゃんこそどうしたの？」

　キョトンとする朋子さんは今日も薄いメイク。入社以来、新人の私に手取り足取り仕事を教えてくれている。年齢のせいもあり、最近ではもうひとりのお母さんのように錯覚してしまう私だ。

　今日はまだ来店者はゼロ。こんな調子で大丈夫なのかと心配になるけれど、朋子さんは気にした様子もなくパソコンでネットニュースを見ている。

画面には大きな文字で『息子に命を分けてください。余命銀行に命を預けて！』と表示されている。個人のサイトらしく、手作り感満載のデザインだ。

「これ、クラウドファンディングですか？」

「最近話題になってるのよ。余命銀行の存在を信じている母親が、病気の息子のために余命を募ってるみたい」

へえ、と画面を見ると、これまでに集まった余命は0と表示されている。なるほど、それであのセリフか。

「でも、余命銀行って一般的には都市伝説じゃないですか。このお母さん、どうして本気で信じられるんでしょうか？」

朋子さんはマウスを動かし、メニュー表からブログの画面を表示させた。

「この三年に及ぶブログを見れば答えが載っているわよ。毎日更新されていて、この母親がいかに息子さんを愛しているかがよくわかるの」

「朋子さん、このブログの読者なんですね」

「そうなの。この母親の名前がね、五十嵐友子(いがらしともこ)さんって言って、漢字は違えど私と同じ読み方なのよ。私にも息子がいるでしょう？　他人ごととは思えなくってね」

「でも、他人のために命を差し出す人っているんでしょうか？」

金銭で応援するクラウドファンディングとはわけが違う。命を預けるなんてよほどのことがない限りできないし、見ず知らずの他人にならなおさらそうだろう。

朋子さんは、ふうとため息をこぼした。

「血縁関係があったり深い友達だったりするならともかく、今まで見知らぬ人に余命を預けるというのはないわね」

「ですよね……」

朋子さんは画面を悲しげに見つめた。

「この男の子……まだ小学三年生なんですって」

にこやかに笑う男の子が画面に映っている。右手にはソフトクリームを持ち、青空をバックにうれしそうにほほ笑んでいる。

朋子さんの横顔が母親に重なった。

最近は実家に戻っていないし、連絡も向こうからたまにくる程度。親不孝だとは思うけれど、いざ連絡しようとするとためらってしまう。

今は仕事中だと頭を切り替えると同時に、朋子さんが「ああっ」と顔をしかめた。

「ひどい。見てよこれ」

朋子さんがマウスを操作し、画面の文字を大きく表示させた。応援メッセージの欄に、短いコメントがずらりと並んでいる。

『命をください、って頭おかしいんじゃねえの』

『余命銀行のこと信じてるなんて笑える』

『てめえの命を差し出せよ』

なかには『応援しています』と書かれたものもあるけれど、大半が批判的な意見ばかり。

「ひどいですね」

「そうよ、あんまりだわ」

憤慨する朋子さんに、「でも」と続けた。

「少し前の私ならここまでは思わなくても、余命銀行の存在については怪しんだと思います」

「まあそうよね。私は二十年働いてるから常識になってるけどね」

「二十年!?」

まさかそこまで長いとは思っていなかった。ということは、朋子さんが働きはじめたときは伊吹さんが支店長ではなかったことになる。

「でも、さすがにこの書き方はないわよ。文字なんて一生残るし、見るたびにイヤな気持ちになるじゃない。直接言われるよりよほど傷つくわよね」

「この、五十嵐友子さんがここに来る可能性はあるんですか?」

うーん、と朋子さんが天井をにらんだ。

「余命銀行へは想いが強い人が招かれるみたいなの。でも、友子さんは自分では預ける気はないらしいし」

「預けちゃったら息子さんに会えなくなりますからね」

「クラウドファイティングに応募してくれる人が現れたらひょっとしてその人が来ちゃう

かも」

……ファイティングだと戦ってしまうことになる。

そう伝えたかったけれどちょうど奥のドアから伊吹さんが出てきたので口を閉じた。

「支店長、見てください。命を募集している人がいるんですよ」

「そうか」

プイと自分の席につくとコンビニの袋を引っくり返す。デスクに広がったのは〝チョコボール〟の箱。全部で五箱ある。

これが今日のお昼ご飯らしい。慣れているのか朋子さんはコーヒーを淹れに行ってしまった。

「なんだ？」

じっとチョコボールを見つめる私に伊吹さんが問うた。

「うまい棒は止めたんですね」

「誰かさんがうるさいからな」

先日茶々を入れたのを気にしているらしい。

「金のエンゼルを探してるんですか？」

「いや、味にハマッてるだけだ」

なにか問題でも？　という顔で見てくるので画面に目を戻した。よく見ると、母親である友子さんは余命銀行の情報を集めようともしていた。が、それについての反応はとくに寄せられておらず、誹謗中傷の文言が並ぶだけ。

　何度見ても腹が立つほどひどい言葉たちが書き込まれている。

「ああ、そのクラファンの話か」

　よほど目がいいのだろう、距離が離れているのに伊吹さんが言った。

「誹謗中傷ばかりなんです。この人たち、言われた人がどんな気持ちになるかわかってて書いてますよね」

「世の中は所詮、他人ごとであふれてるんだ。他人の命のことを本気で心配するヤツなんていない。自分のプライドを満たすために批判してるんだよ」

　チョコボールのパッケージを取ると、伊吹さんはゆっくりと黄色いフタを開けた。ムッとした顔になったのを見ると、どうやら金のエンゼルはいなかったらしい。

「余命銀行の情報を教えてあげれば、お子さんの命を救えるんじゃないでしょうか？」

「そんなことしなくても必要なら向こうから来るさ。まあうちの支店に来るかはわからんが」

「え、ほかにも余命銀行があるんですか？」

　初耳だ。伊吹さんは「ああ」と当たり前のようにうなずく。

「どこにあるかは俺もわからない。海外とか」

　興味なさげに箱を口に当て、一気にチョコボールを口に流し込むと、タイミングよく朋子さんがコーヒーを運んできた。

「支店長は冷たいのね。息子を想う親の気持ちを少しは考えてあげてほしいものだわ。ね？」

「そうですよ。契約は取りたいけど営業はしない、なんておかしいです」

便乗する私に、ワトソンが「うう」とうなり声をあげたので笑ってしまう。

「あらあら、ワトソンも怒ってるわよ」

伊吹さんのデスクの上でまっすぐにこちらを見つめる黒猫のワトソンは、本当に怒っているように見えた。毎日のように顔を合わせているのに、ワトソンはまだ一度も触らせてくれない。

「はい、どうぞ。いつも薬飲んでるから」

朋子さんがコーヒーとともに私には冷水も用意してくれた。お礼を言い、薬をひと粒飲んだ。

この二週間くらい、胸の苦しさはない。まるで完治したかのように穏やかな日々が続いている。

このまま病気のことなんて忘れてしまえればいいのにな……。

自動ドアが開く音に顔をあげる。そこには、青色のランドセルを背負った男の子が立っていた。長袖の白シャツにランドセルと同じ青色のパンツを穿いている。白色の野球帽のせいで表情はよく見えない。

男の子は私の座るカウンターまでうつむきがちに歩いてくると、一礼した。

「あの、ここは余命銀行ですか？」

高くて細い声のなかに、怒りが含まれているように聞こえた。

「そうですけど、あの――」

「余命銀行なの？　本当に？」

信じられないという顔で私を見たあと、男の子はサッと表情を硬くした。

「あらあら大変！　ねえあなた、ひょっとして五十嵐くんじゃない？」

駆け寄ってきた朋子さんに気圧され、改めて男の子を見る。そうだ……クラウドファンディングに載っていた写真と同じ子だ。黒い髪は短く切りそろえられ、細身の体にうらやましいほどの白い肌。

ビクッと体を震わせた男の子のランドセルからネームタグが伸びている。そこにはやはりマジックで『五十嵐悠生（ゆうき）』と記されていた。

うれしそうに朋子さんが手を叩いた。

「やっぱりそうよ。五十嵐悠生くんよね！　ちょうどあなたのことを話してたところなの」

けれど悠生くんはランドセルの肩ひも部分を握りしめてうつむいている。

音もなくワトソンが私の前にひらりと座った。ビクッと顔をあげた悠生くんにワトソンが「なん」と短く鳴いた。

「……ちゃえばいい」

あとずさりをしながらつぶやく悠生くんが、ワトソンから私に視線を移す。

「余命銀行なんてつぶれちゃえばいいんだ！」

叫ぶやいなやダッシュで自動ドアから出ていってしまう。ぽかんとする私と朋子さんのうしろで、低いうなり声がする。

「あのガキ……今、つぶれろって言ったよな」

怒りに顔を染めた伊吹さんがチョコボールの箱を握りつぶしている。

「にゃん」

ワトソンが同意するように鳴いた。


ゴールデンウィークは雨模様。

五月一日から降り出した雨は、三日になっても降り続いている。アパートの二階の窓からは灰色の空と同じ色に沈んだ住宅街の屋根がぼんやりとけぶっている。

出かける用事もないので配信の映画を見たり読書をしたりして過ごしているけれど、意外と楽しい。数年前に清水の舞台から飛び降りる気持ちで買った大型冷蔵庫のおかげで、あと数日間は余裕で籠れるだろう。

体調はおかしいくらい安定していて、薬を飲むことも忘れてしまいそうなほど。息苦しいときに使うスプレータイプの吸入薬も、もうずっと使っていない。

……ひょっとして治ったとか？

そんなことはありえない。完治することはなく、むしろ段階的に悪くなっていくと医師は話していたし。

スマホが震えると同時にイヤな予感がした。ううん、これは画面を見てからあとづけで生まれた予感だ。

【お母さん】の表示を見ると、部屋のなかにまで灰色の世界が浸食した気分になる。放置すればいいとわかっていても、そうすると残りの連休も気になってしまうだろう。

「もしもし」

スピーカー通話にすると、

「あら、珍しい」

自分からかけておいてお母さんはそんなことを言った。昨日の夜に届いたＬＩＮＥメッセージで、お母さんの言いたいことはわかっている。

アプリを呼び出しメッセージを表示した。

【歌住実ちゃんから聞いたけど、仕事を変わったの？】

メッセージが届いた数秒後、歌住実から電話があった。駅前でお母さんとバッタリ会い、まさか知らないとは思わず、私の転職の話をしてしまった、と。

たしかに伝えていなかったのは事実だから【四月から変わった】とだけ返事をしておいた。電話が来ることは想定内だった。

「今度の職場はきちんと休みがあるのね」

「うん。いいところだよ」

「歌住実ちゃんに聞いてビックリしちゃったわよ。花菜はなんにも教えてくれないから」

こんな会話も暗に責められている気がするのは、私の思い過ごしだろうか。

「で、なに銀行に勤めているの？　どこの支店なの？」

私が答える前にお母さんは質問を重ねてきた。

「いくつかの都市銀行をまとめているところだから窓口はないの。詳しくは話せない決まりになっていてね」

「へえ、そんなところがあるのね。ちょっと、テレビの音小さくして」

リビングにいる家族へ言ったのだろう。すぐに音が小さくなった。

奇妙な沈黙のあと、

「最近ちっとも顔を見せないけど、元気なの？　遠い距離じゃないんだから、連休があるなら帰ってきなさいよ」

ようやく本題に入ったらしく、お母さんは声を潜めた。

「明日から仕事なの。といってもイベントのお手伝いなんだけどね」

こういうウソをあといくつ用意すれば、私をあきらめてくれるのだろう。

べつに嫌っているわけではない。なのに、会うのを避けてしまう。

「あら、仕事なのね」

「またふらっと帰るから」

　ここから実家まではバス一本で行ける。市は違えど、同じ県内にいるのだからいつでも帰れるのに、この二年間くらい顔を見せていない。

「それならいいけど。……良人さんも会いたがっているのよ」

　良い人と書いて良人さん。片手で数えるくらいしか会ったことがないけれど、お母さんと再婚するくらいだからやさしい人なのだろう。お母さんよりも十歳年下の三十七歳。私にとっては新しい父親にあたる人。

　ふたりが結婚したのは私が就職をした年のことだった。寝耳に水の再婚には驚かされたけれど、第一印象も第二も第三も良かった。それなのに、実家に足が向かないのはなぜだろう？

「しばらくは仕事に慣れなくちゃいけないし、余裕がないんだよね」

　ローボードに置いたノートパソコンを意味もなく眺める。ネットニュースには今日も、よくわからない政治の話が載っていた。

「余裕があるときなんてないじゃない。やっぱり花菜、お母さんの再婚のこと快く思ってないんじゃないの？」

「違うって。そういうんじゃないから」

「突然家も出ていっちゃうし、ちっとも帰ってこないし。なんだかさみしいのよ」

　ああ、またた。お母さんと電話をするといつも最後はこうなる。

さみしいのは私のほうだ。つき合っている人がいることも知らなかったし、一緒に住むことさえ決定事項だった。反対しているとかじゃなく、お母さん以上に私のほうがずっとさみしかった。

そんなこと、言えるわけがない。これじゃあまるで遅く来た反抗期もいいところ。

「お盆休みにでも帰るから」

約束して電話を切ると、久しぶりに胸が苦しくなっている。気持ち的なものじゃなく、本当に呼吸がしにくい。

「あ……」

ネットニュースの見出しに『余命銀行』の文字が見えたので反射的にクリックする。

『余命銀行は実在するのか　クラファンで物議』

資金ではなく余命の援助を募る個人サイトでのクラウドファンディングが話題になっている。神奈川県に住む五十嵐友子さんが立ちあげたのは『息子に命を分けてください』という名前のクラウドファンディング。難病を抱える小学三年生の息子を救うため、命の提供を求めている。都市伝説として有名な余命銀行が実在するものとして募集しているが、ネット上の反応は賛否両論で――。

もうニュースになっているなんて驚いた。朋子さんに見せてもらったサイトのスクショまで添えられている。

スクロールすると記事に対するコメントが並んでいたけれど、一番上に表示されているものがあまりにも辛辣だったので見るのを止めた。

絨毯の上で横になると蛍光灯がまぶしくて目を閉じた。

そういえば、あの少年はどうしてあんなことを言ってきたのだろう。自分のために母親が必死で余命を集めようとしてくれているのに、『つぶれろ』なんてよく言えたものだ。

イヤな気持ちを拭い去りたくて歌住実にＬＩＮＥをした。どうやらヒマしているらしく、明日の夜会うことになった。

一度会ってさえしまえば、昔のように距離は近くなる。けれど、親とはそうはいかないわけで……。

ああ、やっぱり気持ちが重くなっている。

ふいにＬＩＮＥの画面が消え、スマホが着信を知らせた。登録したての番号は、伊吹さんのものだ。

「はい、生内です」

「ああ、俺だよ俺」

「お疲れ様です」

オレオレ詐欺でもあるまいし、と思いながら答えるが、なにやらうしろが騒がしい。飲み屋にでもいるのだろうか。

「悪いけど、明日出勤してほしい」

「明日ですか？　でも銀行は休みじゃ……」

「んなことはわかってる。用事を頼まれてくれ」

伊吹さんはどこまでも不器用な人。用事を頼む相手にもこんなにエラそうにしか言えないなんて。

「用事、ですか。でも明日はちょっと……」

夜にしか用事はないのにわざと躊躇するようなことを言ってみた。

「頼む。休日出勤手当を二倍だすからさ」

「私ひとりじゃなんにもできませんよ」

「それもわかっている。あ……そうじゃなくて、餌をやりに行ってほしいだけなんだ。ワトソンのやつ、腹を空かせてるだろうし」

銀行で飼っているワトソンは自動餌やり機のおかげで土日も快適に暮らせていると聞いている。

「餌やり機が壊れたらしく、アプリに通知が来てるんだ。朋子さんも友達と旅行に行ってるからヒマな人が花菜くらいしか思いつかなくて」

「どうせ私はヒマですよ」

「ち、違う。そうじゃなくって、お願いできる人がお前しかいないんだよ」

焦っている伊吹さんが珍しくてつい意地悪を言ってしまった。ということは、伊吹さんもどこかに旅行中なのだろうか。

　案外、彼女がいて出かけているのかも。お母さんと同じで、ある日突然結婚するかもしれない。

「いいですよ。機械が直らなかったら連休が終わるまで餌やりに行きます」

「ああ……助かった。感謝する」

「お土産買ってきてくださいね」

　それくらいはお願いしてもいいだろう、と言ったあと急に咳きこんでしまった。本格的に体調が悪くなってきたようだ。

「すみません」と断ってから吸入薬を使うと、すぐに呼吸はラクになった。

「失礼しました」

「誰か客が来たら対応してくれていいから」

　心配する様子もなく電話の向こうで伊吹さんはそんなことを言う。

「え？　対応って、銀行自体も休日じゃないんですか？」

「そのへんはフワッとしてるから。それに、最近の売り上げは目も当てられないほど悪い。そういうことで頼むな」

　言うだけ言って電話は切れてしまった。お土産についてもスルーだ。

　なによもう……。イライラすることが体調に良くないと知っているけれど、なんだか自分ばかりが損しているような気分になる。

苦しみながら不幸の海で溺れそうな私に気づかず、みんなは岸で楽しく過ごしている。そんな気分だ。

寝る前に飲んだ薬のおかげで、寝起きは悪くなかった。せっかくだからと、町で買い物をしてからワトソンの餌やりに行くつもりだった。

けれど、コスメショップで会計をしていると、強烈な吐き気が襲ってきた。なんとか品物を受け取り、トイレに駆け込む。

「ああ……」

重力が強くなり今にも倒れそうになる感覚。やはり病気がジワジワと進行しているのだろう。

外に出ると、春と呼ぶには蒸し暑い風が体をなめていった。本当ならこのまま帰って寝たいけれど、それではワトソンにますます嫌われてしまう。

しょうがない、と道端で停車しているタクシーに乗り込む。

しばらく深呼吸を繰り返しているうちに、少しずつ体がラクになっていくのを感じた。

タクシーを降り、裏口のドアを開けるなり駆け寄ってきたワトソンは、私の顔を確認すると不服そうに低く鳴いた。きっと伊吹さんが来たと思ったのだろう。

給湯室にある餌やり機の前に座るとじっとこっちを見てくる。

「ちょっと待っててね」

フロアの電気をつけてから給湯室へ向かう。

餌やり機の不具合の原因はひと目でわかった。機械から伸びているコンセントが抜けている。おそらくワトソンが引っかけたかして抜けてしまったのだろう。

差し込むとすぐに電源が入る音がして、受け皿に餌がガラガラと落ちてきた。昨日からなにも食べてないとしたら相当お腹が空いているだろうから、上蓋を開けて追加分も入れておいた。

「ワトソン、ご飯だよ」

声をかけるとワトソンは優雅に歩いてきてクンクン餌を嗅いでいる。しばらくにおいを確認してからようやく餌を食べだした。

隣に置いてある給水機は壊れてはいなそうだけど、せっかく来たのだから新しい水に替えておくことにした。

そこでふと気づく。これが終わって帰ったとして本当に休日出勤手当は出るのだろうか。伊吹さんのことだから『二倍出すとは言ったけど、十分間分だけだ』とか言いそう。

四月に親友同士のふたりが余命を贈り合って以来、契約が取れていないのだから仕方ないけれど、タクシーを使った分マイナスだ。

そういえばあのクラウドファンディングはどうなったのだろう。誰かが悠生くんのために余命を預けに来てくれたら、余命銀行のためになるし彼のためにもなる。

　パソコンを起動させ、五十嵐さんのサイトを表示させた。募集概要をきちんと読むと、五十嵐友子さんは悠生くんが生まれてすぐに離婚したシングルマザー。悠生くんは生まれつき心臓の弁に異常があり、小学一年生のときに余命宣告をされた。

　今の日本では心臓移植は難しく、仮に莫大な費用をかけて外国に行ったとしても手術が成功するか予後が安定するかなど、いくつものハードルがあるそうだ。

　なんとか助けたくて、五十嵐さんは余命銀行に預けてくれる人を探している。

「でもな……」

　ここに来た悠生くんの怒った顔が頭をよぎる。どうしてあんなに怒っていたのだろう。お母さんは必死で彼の命を長らえさせようとしているのに……。

　ああ、また胸がしくしくと痛い。まるで薄い酸素しかこのフロアにはないみたいに息苦しい。

　次の診察は五月半ばだけど、早めてもらうように連絡をしなくちゃ。

　……って、今はゴールデンウィーク中だった。

　久しぶりの息苦しさはなんてつらいのだろう。しばらく体調が良かった分、なおさら絶望感に襲われる。

「なん」

　するりとカウンターの上に乗ったワトソン。

「ご飯食べた？」

「にゃん」

珍しく返事をしてくれたのがうれしくて触ろうと手を伸ばすと、サッと間合いを取られてしまう。まだそこまで心は許してくれていないらしい。

少し呼吸はラクになったけど、薬の副作用で気持ちが悪い。全身の血が逆流しているようなゾクゾク感が体の中で起こっている。

今日はもう帰ろう。

パソコンの電源を切ろうとマウスを動かした瞬間、ギイと大きな音を立てて裏口が開いた。

「すみません、ちょっといいですか」

私の返事も待たずに、髪をひとつに縛った化粧っけのない女性が駆け寄ってくる。年齢は四十代後半くらいだろうか。いや、メイクをしていないだけでもう少し若いのかもしれない。

「あ……」

そこでようやく気づいた。目の前に立つ女性の顔とパソコンの画面に映っている顔が同じだ。

「突然申し訳ありません。教えてください、ここは……ここは余命銀行なんですよね!?」

やっぱり……五十嵐友子さんだ。

「息子に余命を分けてくださる方から連絡があったんです！　急いで余命銀行を探さない

とと思ったら、急にこの建物がそうだって思えたんです。表のシャッターは閉まってたのでこちらから入らせてもらいました」

早口で詰め寄ってくる五十嵐さんは、私があっけに取られている間にキョロキョロとあたりを見回す。

「どこです？」

「どことおっしゃいますと……」

「申込書はどこなんですか。すぐ記入したいんです。早くしないとあの子が、あの子が……！　ああ、見つけられたんだわ。私、ついに見つけたんだわ！」

興奮状態とはこのことを言うのだろう。悠生くんを思う気持ちはビシビシ伝わってくるけれど、これではしっかり話を聞くこともできない。

「五十嵐友子様、少し落ち着いてください」

名前を呼ぶと、五十嵐さんはハッと私を見た。

「私の名前を知ってる……。やっぱりここは……」

「はい。余命銀行です」

スローモーションのように椅子に腰をおろすと、五十嵐さんは顔を覆った。静かに泣く声が漏れている。

「良かった……。これであの子は助かるんですね」

ハンカチで涙を拭う五十嵐さんは、ひどく疲れた顔をしている。乾いた髪は白髪が交じっていて、眉間には深いシワが跡を残している。着ている服も上着は毛羽だっている。

五十嵐さんのサイトを改めて確認すると、年齢三十九歳と記されているが、とても三十代には見えない。

息子のことで精一杯で自分に構う時間なんてないのだろう。

「おっしゃるとおりここは余命銀行です。でもゴールデンウイーク中は営業をしていないんです」

「え……」

「せっかくお越しくださったのに申し訳ありません。来週から再開しますのでまたお越しください」

伊吹さんは対応していい、と言っていたけれど私ひとりでは難しい。それに今は一刻も早く帰って横になりたい。

頭をさげると、五十嵐さんはなにか言いたそうに口をパクパク開いていたが、やがて花がしおれるようにうつむいた。

「連休であることすら忘れていました」

ここで終わっておけばいいのに、ふと生まれた疑問はあっという間に言葉に変換されていく。

「余命を預けられる方はご一緒ではないのですか？」

「え、ああ……名古屋に住んでいるらしくて今日は来ていないんです。二十代の方なんですけれど、四十年間分も寄付してくださるんですって。気持ちが変わらないうちに早く契約したいんです」

　悠生くんを助けたい一心なのだろう。でも、契約者がいないことには契約はできない。

「申し訳ありません。契約者様と来店していただく必要があります。ほかにも必要なことがいくつかありますので、こちらにお座りください」

　せっかく来店してくれたのだから、先に説明をしておくことにした。

　タブレットを五十嵐さんに見せる。トップ画面には最初の必要事項が羅列してあり、冒頭にそのことについて書かれてある。

「ほかにも、口座を開設するには医師の診断書の提出や面談もございます。すべてクリアしたあと、八日間を経て余命は移行されます」

　五十嵐さんは文字列を食い入るように見たあと顔をあげた。意外にも晴れやかな顔をしていた。

「突然来てしまったのにご親切にありがとうございます。来週、出直します。それでも、余命銀行が実在していることを知れて良かったです」

「ここに書いてあるとおり、契約者以外の方にこの銀行についてお話をするのは禁止されております。もし話をした場合は契約が無効になります」

「はい」

　真剣にうなずくと、五十嵐さんはこらえきれないように肩を震わせて泣き出した。

「ごめんなさい。なんだか……気が緩んでしまって」

「大丈夫ですよ」

ふと、先日悠生くんが来店したことを思い出した。そのことを五十嵐さんは知っているのだろうか……。

「あの……」

私の声は椅子を引く音に消えた。五十嵐さんが深々とお辞儀をした。

「次は協力してくれる男性とともに参ります。ですから、どうぞ……どうぞよろしくお願いいたします」

店を出ていく五十嵐さんを見送ったあと、伊吹さんのデスクの上に座るワトソンと目が合った。

ゆっくりと目を一回閉じたワトソン。『それでいいよ』と褒められたように見えたのは気のせいだろうか。

画面に目を戻すと、そこには悠生くんがあいかわらず白い歯を見せて笑っていた。


この二週間で歌住実と会うのは三回目。一昨日は駅ビルでショッピングをしてランチを食べた。今日は、最初と同じくあの居酒屋に来ている。

これまでも文字でのやり取りはしていたけれど、一度会うと、次に会うのは簡単。当たり前のように誘ってくれる歌住実がありがたかった。

　土曜日の店内は混んでいて、カウンターは常連客っぽい人が占領していたのでトイレ横の狭いテーブル席で飲んでいる。

　メニュー表の『とびまる』の店名を改めて眺めていると、店長の『守』という名前と、息子さんの『飛鳥』から取ったと歌住実が教えてくれた。

「お待たせしました。『海のライバル唐揚げ』です」

　飛鳥くんがにこやかに皿を置いた。唐揚げの具材はタコとイカ。線のように真ん中に引かれた塩コショウの左右で湯気を立てている。

「ライバルっていうか似てるだけじゃんね。まあおいしいからいいけどさ」

　歌住実はバッグから出した細長い用紙を飛鳥くんに渡した。

「こないだ言ってた映画の試写会。うちの編集部にも回ってきたから一緒に行く？」

「え、いいんですか!?」

　パアッと顔を輝かせた飛鳥くんに、歌住実はお姉さんらしい笑みを浮かべた。

「関係者席だからアンケートに答えないといけないけど適当に書いておけばいいから」

「うわー。めっちゃ楽しみにしてます」

　よほどうれしいのだろう、ホクホクとした顔で飛鳥くんは厨房に戻っていった。

　社交的な歌住実がうらやましい。そういえば映画なんてずいぶん観てないな……。

「で、おばさんには会いにいったの？」

タコを箸でつまむ歌住実に、

「ううん。まだ行ってない」

なんでもないような口調で答えてからハイボールを飲んだ。今は体調も悪くないので、一杯だけという自分との約束のもと飲んでいる。

「やっぱりね。そんなことだろうと思った」

「わかってるよ。会いにいくべきだって。でもさ……」

イカの唐揚げを小皿に移した。

「だいじょうブイ。花菜の気持ちわかるから。新パパがおばさんより結構年下なんだもんね。花菜のいくつ上なの？」

「ひと回り、かな」

「それじゃあ厳しいね」

良人さんがやさしいのも、私に気を遣ってくれているのもわかる。避けるごとにお母さんが静かに悲しんでいるのも伝わってくる。

歌住実のように一度会ってしまえば、距離は縮まるのかな……。

「飛鳥くん、私これお代わり。花菜にも同じのをね」

「ちょっと……」

と言いかけて止めた。あと一杯くらいならいいか……。

「でもさ、実は私も最近は親にやさしくしてんの」

「歌住実が？　だってこないだまではイヤがってたでしょ」

空いたグラスをテーブルの隅に移動させる。

「そうなんだけどさ。ちょっと考えさせられることがあってね」

赤い唇を尖らせた歌住実が、スマホを操作して画面を見せてきた。

「このクラファン知ってる？　息子を助けるために命を募集している母親のやつ」

「あ……！　えっと……ネットニュースで見た、かな」

ビックリした。ごまかすために口に運んだイカの唐揚げが熱すぎて余計に慌ててしまう。

気づいた様子もなく歌住実はスマホの画面とにらめっこしている。

「今じゃテレビのワイドショーでも取りあげられてる。命を集めることへの批判がすごいみたいで、インド人もビックリだよね」

「歌住実はこのことについてどう思ってるの？」

「そりゃあ命を集めるのはマズいとは思うし、そもそも余命銀行なんてありえないし……」

歌住実はハイボールを飲んでから「でもさ」と続けた。

「うちの親がテレビを見てて言ったんだよね。『親ならそうするわよね』って、当たり前っぽく。それ見てたらなんか感動っていうか、少しホッとしちゃったんだよね」

五十嵐さんの起こしたアクションはもう酒の肴（さかな）になるほど広まっているんだ……。来週、彼女は契約する人を連れて来店するのかな……。

「じゃあ歌住実は、五十嵐さんのこと応援してるんだ?」

「五十嵐って誰?　ああ、この記事の人のこと?　ほんとだ、五十嵐友子って書いてある。よく名前まで見えたね」

「……視力がいいから」

余計なことを言うんじゃない、と自分に言い聞かせる。歌住実がテーブルに片方の肘を乗せその上に顔を置いた。

「これって身内だからできることだし、協力したい人がすればいいだけの話でしょう?　私は賛成でも反対でもない、ただの傍観者って感じ」

こういうところが歌住実のいいところだな、と改めて思った。

「花菜ちゃん」

低い声と一緒に目の前に皿が置かれた。丸い平皿の上にフレンチトーストが置かれている。

「これ好きだったろ?　サービスだから」

額に汗を浮かべた店長がニッコリ笑っていた。その皿を歌住実が奪い、テーブルの真ん中に置いた。

「守さんってほんと花菜ばっかりひいきするよね。常連客を大切にしなさい、って言ってるでしょ」

「くわばらくわばら。ゆっくりしてってね」

大きな体をわざと震わせながら店長が戻っていった。

「そういえば、飛鳥くんと映画に行くの？」

さっきのことを思い出して尋ねると、意外にも歌住実は顔を赤らめた。

こんな表情久しぶりに見た気がする。

自分でも気づいたのだろう、歌住実はフレンチトーストを先に口に運んだ。

「前評判の悪いスプラッター映画。花菜はそういうの苦手だし、しょうがなくだよ」

「へえ……」

曖昧にうなずいていると、スマホが聞いたことのないアラーム音を出した。画面をチェックすると、悲しそうに泣いている猫のイラストが表示されていた。

「どうかした？」

「あー、大丈夫。ちょっと帰りに会社に寄らなくちゃいけないみたい」

さっきワトソンに餌をやりに行ったときに、自動餌やり機のアプリを入れておいた。どうやらまたエラーが起きているらしい。

「ちょっと」と怒った声で歌住実が顔を近づけてきた。

「今度の職場はいいところなんだよね？　それにしては休日出勤してるじゃん。ひょっとしてまたブラックなんじゃないの？」

「違う違う。軽いトラブルだから気にしないで」

通知の設定をオフにしてスマホをバッグにしまった。

「だったらいいけど……」

ブツブツ言いながら歌住実の視線は厨房に向いている。冷静に観察していると、さっきからやたら飛鳥くんばかり見ている気がする。

歌住実が飛鳥くんと？　母ほどではないけれどかなり年下だと思うんだけど……。

私は恋人もいないどころか好きな人もいない。

親にも親友にも病気のことを隠している私は、幸せになる権利がないとさえ思っている。

ううん、これ以上秘密を抱えるのが怖いんだ。

火照った頰をそっと触ってみた。アルコールが体を蝕むものを消し去ってくればいいのにな。

銀行の手前まで来たとき、すぐに違和感に気づいた。

シャッターの下から薄く明かりが漏れていたのだ。

さっき、餌をやりに来たときに電気をつけっぱなしにしたのかと思ったけれど、給湯室以外の電気は消した記憶がある。

裏口に回ると、ドアが半開きになっていてなかから誰かの話し声がしている。

……泥棒？

だとしたらすぐに逃げなくちゃ。踵を返すと同時に「おい」と聞き慣れた声がした。

「あ、伊吹さん」

「あ、じゃないだろ。なんでこんなところにいるんだよ」

言葉はキツいのに、どちらかと言えば声のトーンはうれしそうに思えた。

伊吹さんは私が持つスマホを見て、今度こそ笑顔になった。

「花菜もアプリを入れてくれたんだな。いや、まいったよ。ワトソンのやつまたコンセントを抜いててさ」

「さっきもそうでした」

「あいつ絶対わざとやってるよなあ」

……不思議だ。裏口の暗さのせいか、伊吹さんがいつもよりやさしく感じる。違う、久しぶりに飲んだせいで酔っているからだ。

「伊吹さんが戻られてたなら安心しました。じゃあ私はこれで……」

さっさと退散しようとする私に、伊吹さんが「なあ」と丸い声をかけてくる。

「せっかくの休日出勤じゃないか」

「え……」

「少しだけだから、いいだろ？　さあ入って」

こんな展開、想像すらしたことがなかった。深夜のオフィスにふたりきりなんて、それこそドラマの世界みたい。

改めて見ると伊吹さんの浮かべる笑みもどこか妖しく思える。

「あの、私——」

言い淀む私の手をつかんで伊吹さんが歩き出した。思ったより大きくてごつい手に心臓が鼓動を速めていく。

どうしよう、どうしよう……。

「お待たせいたしました。五十嵐様のためにスタッフをお呼びしました」

どうしよう。……え？

顔をあげるとカウンターには五十嵐さん、奥のソファには悠生くん。さらに奥には手持無沙汰な感じで見知らぬふたりの男性が立っていた。

伊吹さんがそっと顔を私の耳元に近づける。

「ふたりも客が来たんだから必ず契約までこぎつけてくれ」

「……はい」

なにを期待していたのか。伊吹さんとのあれこれを想像しかけた自分が恥ずかしくて、素直にカウンターへ進む。頬に手を当てるとそれほどの熱さもなく、なんとか酔いはごまかせそうだ。

裏口の横にある大きな窓の向こう側には、驚くほど大きい満月が銀色の光を放っていた。まるで絵画のように美しく、気づけば足を止めていた。

「おい、早く」

伊吹さんに言われ、名残惜しくカウンター席に着く。

先ほどとちがい、五十嵐さんは薄いメイクをしていて、服装も授業参観にでも行きそうなスーツ姿だった。

「生内さん、わざわざ来てくださったのね」

うしろの悠生くんに視線をやると、以前ここで会ったときよりもさらに怒っているのが伝わってきた。けれど、その顔色は遠目にも悪いことがわかる。

「あの、来週来られる予定じゃなかったですか？」

「それがね」と五十嵐さんがうしろをふり返った。

「クラウドファンディングで前に応募してくれた男の子と、まったく別の希望者の方が来てくれたのよ。さっきも営業時間外だったけどいてくれたから、ひょっとしてと思って来てみたらビンゴだったのよ」

私の右うしろに椅子を移動させ座った伊吹さんが、上品にほほ笑んだ。

「五十嵐様と気持ちが通じ合ったのでしょうね」

白い歯が光りそうなほどの笑みを張りつけている。

「きっとそうね。私うれしくって……」

五十嵐さんが席を立ったので、うしろのふたりに目を向けた。あの人たちが悠生くんに余命を預けようとしているんだ……。

「契約者の方、こちらへお願いいたします」

伊吹さんはムリにでも契約を進めたそうだけれど、きちんとリスクの説明をしなくてはならない。

　ふたりはおずおずと私の前に腰をおろした。

　左側の男性はまだ若く、こちらがクラファンの彼だろう。五十嵐さんから聞いていた話では二十代とのことだけれどパッと見は高校生くらいに見える。右側の男性はメタボ体形の髪の長い中年男性。きっと五十代くらいだろう。

「おふたりが契約者ということでよろしいですか？」

「はい」

「はあ」

　左の男性ははっきりと答え、右の男性は惰性的に答えた。

「それでははじめに身分証明書をご提示いただけますか」

　ふたりが財布を開いている間にタブレットを二台、充電器から外しておく。身分証明書と引き換えにふたりの前に置いた。

「確認します。こちらが」と左側の男性に目をやる。

「藤岡はじめ様、お預けは四十年ご希望ですね」

「はい。よろしくお願いいたします」

　原付の免許証によると、愛知県岡崎市在住の二十歳とのこと。ふたつに分けた髪はサラサラで細身のやさしそうな雰囲気だった。

「そちらは、黒川眞輔様、ですね」

「はあ」

覇気のない右側の男性は五十歳。どちらも男性の平均寿命まで三十年以上ある。最初の条件はクリアだ。

「俺がコピーを取ろう」

珍しく手伝ってくれる伊吹さん。確実に二名分の口座を開設したいのだろう。

「それではタブレットをご覧ください。そちらに口座開設についての注意点が記載されております。ひとつずつご説明いたします。まずはじめに――」

「は？」

言いかけた私を遮り、右側の黒川さんが不満げな声をあげた。

「ここってマジで余命銀行なわけ？」

太い指でなでている長い髪は、艶というより脂っぽくてギトギトしている。

「当社は余命銀行で間違いございません」

「へえ……。あ、いいよ。続けて」

視線を逸らす黒川さん。どうも様子がおかしい。ひょっとして冗談だと思って申し込んだとか……？

確認しておかないと、と姿勢を正したとたん、

「お待たせいたしました」

ズイと伊吹さんが私の前に体を割り込ませた。

「身分証明書をお返しいたします。これからする説明はサラッと聞いてくだされば結構ですから。ね、生内くん？」

「あ、はい」

黒いメガネ越しの目が私に言っている。『細かいことは気にせずに進め』と。普段なら伊吹さんの言うことは絶対だけれど、今日は軽い酔いも手伝い、ヘンな使命感のようなものが込みあがっている。

もちろん契約を取ることも必要だけれど、契約者がちゃんと納得してからにしてほしい。

前回以上に項目をひとつずつしっかり説明した。

が、説明が進むにつれて黒川さんだけでなく藤岡さんまでも様子がおかしくなっていく。ふたりともじっとタブレットに目を落としたまま、固まっている。

こちらを真剣なまなざしで見てくる五十嵐さんと違い、隣に座る悠生くんもさっきからじっとうつむいたまま。

「もう説明はそのくらいでいいだろ」

声に若干不機嫌さをにじませる伊吹さんに「はい」とうなずいた。これだけ説明すればベストを尽くしたと言えよう。

「説明は以上となりますが、なにかご質問はございますか？」

ここで質問がなければ重要事項の契約書にサインをもらって今日は終了だ。

「あの」

と、藤岡さんが青い顔で手を挙げた。

「余命を分けるということは、僕は死ぬかもしれないということですか？」

「そんなことはありません！」

またしても伊吹さんが顔をヌッと出した。

「藤岡様の場合、もし日本人男性の平均寿命まで生きるならば、四十年をお預けいただいてもあと二十年以上は余命が残る計算です」

「二十年……」

「すばらしいですね。これこそ本当の人助けです！　俺……わたくし、心から感動しているんです」

わざとらしく声を震わす伊吹さんから引き継ぐように「藤岡様」と声をかけた。ゆっくりと私に視点を合わせる藤岡さんの表情は無表情に近かった。

おそらく、人助けをしたい一心で応募したけれど、説明を聞いて怖くなってしまったのだろう。

「伊吹が説明したとおり、余命は平均寿命を基に計算されます。ただし、もし藤岡様の寿命が四十年に満たなかった場合は、その年数だけが移管されます。その年数はご本人にはわかりません」

「その場合、僕は……明日死ぬということですか？」

「いえ、まずは健康診断と個人面談の結果が出たあとに口座を開設いたします。その後、八日間の期間を経ての移行となりますが、もし四十年に満たない場合でも一日の猶予は与えられます」

「一日……」

気弱にうつむく藤岡さんの下に、

「お願いします！」

と、五十嵐さんが駆け寄ってきた。

「四十年じゃなくてもいいの。この子のために少しでも分けてくだされば、それだけで……」

必死なのだろう、最後は涙ぐんでいる。

「俺はそんなにやれねえよ。もう五十だからな」

ボソッと黒川さんがつぶやいた。

「大丈夫です」と伊吹さんが明るい声を出した。

「黒川様の場合は十五年というのはいかがでしょう。それでしたら理論上は余命の半分となります。なんにしてもおふたりの功績は余命銀行において永遠に称えられるでしょう。自信を持ってください」

これではまるで大学生のときに参加させられたセミナーと同じだ。グループワークのときにふたりがかりで無茶苦茶な理論を押しつけられ、最初は疑問に思っていたことも最後には納得してしまった経験がある。

もしくは絵画の展覧会に行ったときもそうだ。ふたりのスタッフに絵を買うことのすばらしさを説明されているうちにその気になった。

でも、セミナーには二度と参加しなかったし、絵画も寸前で購入を止めた。私って、流されやすいくせにすぐに冷めてしまう性格なのかもしれない。

「お願いします」

五十嵐さんが床に膝をついた。

「どうか悠生を助けてください。お願いします！」

頭を擦りつけんばかりの様子に、ふたりは驚いたように立ちあがった。

「わかりました」

「わかったよ」

ふたりの返事に五十嵐さんは涙を流し、伊吹さんはガッツポーズをしている。あまりのオーバーリアクションにまるで舞台演劇を観ている気分になった。

「本当にありがとうございます」

五十嵐さんが何度も伊吹さんに頭をさげている。

「いいんですよ。今日はなにか予感がして夜に来てしまったんです。あなたのヘルプが聞こえたのでしょうね」

「伊吹さんは命の恩人です」

まだ続く演劇の舞台からひとり離れ、ポツンと座る悠生くんに近づいた。

「大丈夫ですか？」

「………」

じっとうつむく悠生くんの体からは静かな怒りが伝わってくる。なにか言葉をかけてあげたいのに選べないまま立ちすくむ。

突然伊吹さんのスマホが鳴った。

「失礼。すぐに戻ります」

スマホを片手に裏口から出ていく伊吹さん。とたんにフロアは波を打ったように静かになった。藤岡さんはトイレへ、黒川さんは外に煙草を吸いにいったようだ。

「悠生、良かったわね。これで一緒にいられるのよ」

涙声でそう言う五十嵐さんにも悠生くんは首を横に振った。

「お母さんはわかってくれない」

ひどく悲しい声だった。

「なに言ってるのよ。悠生のことを考えているからこそ、お母さんがんばってるんじゃない。ああ、神様が奇跡を与えてくれたんだわ！　大変、叔母さんに報告しなくちゃ」

スマホを手にした五十嵐さんが奥のソファへ移動した。

あきらめたようにうつむく悠生くんは唇を噛みしめた。

「これって正しいの？」

「え？」

膝を折る私から逃れるように、悠生くんは体ごとそっぽを向いた。

「正しい、ってどういうことですか？」

けれど、もう悠生くんはなにも答えてくれなかった。

「おい！」

大きな声とともに伊吹さんが駆け込んできた。

「あいつ逃げたぞ！」

「え!?」

五十嵐さんが悲鳴のような声をあげた。

「喫煙所に入らないようだから声をかけたら煙草を俺に投げつけて逃げて行った。追いかけるか？」

私に言われてもわからない。三人の視線が絡み合い、そして同じ方向を向いた。そう、奥にあるトイレだ。

次の瞬間、みんなで走り出していた。

「すみません、開けますよ！」

伊吹さんがノックしてすぐにドアを開けた。続いて五十嵐さんもなかへ入ったかと思うと悲鳴をあげた。

入ってすぐにわかった。外に面したトイレの窓が全開になっていたから。

「逃げたんだ……」

啞然とする伊吹さんだけど、なんとなくそんな予感がしていた。

「どうするのよ……。やっと見つけたふたりなのに」

こっちを向く五十嵐さんの目には、悠生くんそっくりな怒りが燃えていた。こちら側がきちんと説明をしたことに落ち度はないと思う。でも、まずは五十嵐さんの怒りを鎮めなくては……。

「申し訳ありません」

「捕まえてきてよ。住所わかってるんですよね。だったら捕獲して契約してもらいましょうよ」

「それは……できかねます」

「なんでよ！」

私の腕を握る五十嵐さんの手を、伊吹さんが瞬時にほどいた。

「本人の同意がない限り、契約は難しい。俺からも謝罪します。すみません」

意外なことに、伊吹さんの表情は穏やかだった。てっきり一緒になって責められると思っていたから驚いてしまう。

「なによそれ……。やっとうまくいきそうだったのに」

「お母さん」

いつの間にかすぐそばに悠生くんが立っていた。

「悠生。だ、大丈夫よ、お母さんがすぐにまた探すから」

悠生くんが静かに首を横に振った。

「もういいよ。僕、いらない」

「なに言ってるの。心配いらないのよ、お母さんががんばるから」

「学校でウワサされてるんだよ。テレビの人も追いかけてくるし、知らない人が声かけてくる。もうイヤだよ……」

「ダメよ。どんなことがあってもあなたは生きるの！」

間髪容れずに五十嵐さんは続けた。

「大丈夫よ。なにを言われても我慢するの。そうすればきっと、きっと……」

まるで自分に言い聞かせているようだった。伊吹さんを見ると、さっきまでの情熱はどこへやら、なにか考えるように口に拳を当てている。

フロアに戻ると五十嵐さんはスマホでふたりに連絡を取りはじめるが、どちらも電源が切られている様子。徐々に失望の色を顔に浮かべる五十嵐さんを、悠生くんは黙って見ていた。

伊吹さんは、とその姿を探すもいつの間にか姿を消している。

突然、五十嵐さんがスマホを見つめたまま「ああ！」と声を出した。

「クラウドファンディングにたった今、新しい申し込みがありました！」

「五十嵐さん、今日はもう遅いですし――」

「すぐ近くなの！」

バッグを手にした五十嵐さんが裏口へと駆けていく。

「五十嵐さん！」

私の声も聞こえない様子で出ていってしまった。

「ほっとけ。すぐに戻るだろ……っておい！」

鋭い伊吹さんの声に振り向くと、

「え……」

悠生くんがズルズルとソファから落ちていくところだった。顔が真っ青になっている。

「お母さん、お母さん……」

うわ言のように繰り返す悠生くんの唇が見る見るうちに紫色へと染まっていく。

「伊吹さん！」

――そこからはよくわからなかった。

伊吹さんが悠生くんの服のボタンを上から三つ目まで外し、顔を横向きにして寝かせながら救急車を呼んだ。

指示されるがまま、通りへ出て救急車の到着を待った。その間、何度も五十嵐さんに電話をかけたけれど、話し中らしくつながらないまま、赤いライトが夜のなかに光るのが見えた。必死で手を振り叫んで救急車をこちらへと誘導した。

シャッターを開き、伊吹さんが隊員を招き入れ、その間も悠生くんは苦しそうに息をしていて、私も慌ただしく救急車に乗り込んだ。

――気がつくと、私は病院の救急外来の椅子に座っていた。

救急外来のある廊下は煌々と明るく、カーテンの奥からは絶えず誰かの声がしていた。

「悠生くん……」

もしもこのまま悠生くんが亡くなったりしたら――そんなことを考えてしまう自分の思考を振り払う。最低だと思った。

伊吹さんからは救急車に乗る際『あとで電話する』と言われたきり。

バタバタと足音が聞こえ顔をあげると、

「悠生！」

息子の名前を叫びながら駆けてくる五十嵐さんが見えた。私のそばまで来ると無理やり診察室へのドアを開けようとするので押しとどめた。

「五十嵐さん、いけません！」

「放っておいてよ！　悠生になにがあったの？　いったいどういうことなのよ！」

「ダメです。治療中ですから」

「なによ！　もう少しなの。あと少しで余命をくれる人が見つかりそうなのに、なんで、どうしてみんな邪魔するのよ！」

無理やり腕をはがそうとする五十嵐さんに、

「いい加減にしてください！」

自分でも驚くほどの大声が出てしまった。

「どうして悠生くんを放っておいたんですか。悠生くんの具合が悪いことも気づかないで、それでも母親ですか!? なんでさみしくさせるのよ！」

剝き出しになった感情。そこにあるのは怒りだった。沸々と煮えたぎった感情の温度がどんどんあがっていく。

「悠生くんはずっとお母さんのそばにいたいんです。少しでもそばにいたいんです！ちゃんと悠生くんを見てあげてください！」

ポカンとしたあと、五十嵐さんはキッと私をにらんだ。

「なんであなたに怒られなくちゃいけないのよ。そんなことはわかってます！」

「いいえ、わかってません。私なら、私なら……子どもの具合が悪いときに決して離れたりしないから！」

ああ、そっかと気づいた。私の怒りの矛先は五十嵐さんへじゃない。お母さんへ向かっていたんだ……。

気づくと同時に涙がボロボロとこぼれた。

「あ……すみません。違うんです。ごめんなさい、ごめんなさい……」

急に泣きながら謝る私を、五十嵐さんがギョッとした顔で見ている。

八つ当たりして、私は最低だ……。思えば思うほど涙が止まらなくなる。

「花菜ちゃん」

　ふいに呼ばれた名前に顔を向けると、朋子さんが立っていた。

「朋子さん……」

「支店長に叩き起こされたの。大丈夫よ。あとは私が説明するから」

　朋子さんは五十嵐さんへ顔を向けた。

「初めまして、私は余命銀行の鈴本朋子と申します。五十嵐さんのお名前の『友子』とは違い、月をふたつ書く朋子です」

　あっけに取られている五十嵐さんの両手を朋子さんが握る。

「私がこれから申しあげることをよく聞いてください。いいですか？」

「え？　あ、はい……」

「今すぐそこのソファにお座りください。私の話を最後まで黙って聞けたら息子さんは助かります」

「でも――」

「黙って聞けたら、と申しました。どうしますか？　息子さんを助けたくないのですか？」

　ひとり分のスペースを開けて、朋子さんはソファに座った。糸の切れたマリオネットのように、すとんと五十嵐さんも腰をおろした。

　まるで催眠術ショーを見ているかのようだった。

「あなたのことはワイドショーでも取りあげられていたから知っています。悠生くんを助けたいがために余命を分けてくれる人を探している。でも、うまくいきませんでしたね。先ほど来た連絡というのも、きっとイタズラだったのでしょう」

　わずかに五十嵐さんはうなずいた。

　そっか……さっき見つかったと言っていた人もダメだったんだ。

「当行は皆様から余命を預けてもらうことで成り立っています。支店長の伊吹もその仕事に尽力しています」

　そこで言葉を区切り、朋子さんは「でも」と続けた。

「私個人としては、今回のケースには消極的です」

「でも――」

　と言いかけた五十嵐さんがハッと口を閉じた。

　朋子さんは背もたれに体を預けると、斜め上をぼんやりと眺めた。

「なぜなら、他人に命を分けたいと思う人には、なにかしらの事情があることが多いから。自殺願望のある人が、最後くらいは誰かの役に立ちたいと考え、余命を預けることもあります。一見理にかなっているように思われるかもしれませんが、これでは間接的な自殺幇助になってしまいます」

　私ははっとした。ひょっとしたら……藤岡さんや黒川さんが自殺願望を持っている可能性もある。さっきはそこまで考えることができなかった。

　朋子さんが右手の指を一本立てた。

「これから一分お時間を差しあげますので、ここまでで思うことをおっしゃってください」

「あ……」

　口に手を当てた五十嵐さんが、私に頭をさげた。

「先ほどは取り乱してしまい申し訳ありませんでした。私……悠生のことを心配しているつもりで、結局はあの子をひとりにしていたんですね」

　なにも答えられない私にもう一度頭をさげると、五十嵐さんは膝の上に置いた手をギュッと握った。

「たしかにそうですよね。悠生に命を分けてもらうことで自殺の手助けをするのは違うと思います。決めました。私……あの子に自分の余命を渡します。残りの人生、ぜんぶ渡したいと思います」

「ダメです。それじゃあ、意味がないんです。悠生くんに会えなくなるどころか、あなたまで死んでしまうんですよ」

　思わず私は五十嵐さんの足元に片膝をついていた。けれど彼女は首を横に振る。

「私のことはいいんです。親なら、自分がどうなったとしても子どもには生きていてほしい。あの子が生きているならいいんです。それだけでいいんです」

　瞳に涙をいっぱいためた五十嵐さんに、私は首を横に振った。

「悠生くんはあんな小さいのに、自分の運命を受け止めているんです。願うのは最後まであなたがそばにいてくれることなんです」

「だったら」

鼻水を啜(すす)ったあと、五十嵐さんは苦しそうに言葉を続けた。

「余命銀行はなんのためにあるのですか？　私は悠生を救いたい。自分の命に代えてでも守りたいんです」

本気で決意をした人は、やさしい口調になる。怒りでもあきらめでもなく、強い意志が穏やかな表情にも表れていた。

朋子さんが人差し指を口に当てた。

「一分が過ぎましたので」

「あ……」

うつむく五十嵐さんの手を、朋子さんがそっと握った。

「あと少しだけ私の話を聞いてください。今から個人的な話をします。私には、昔夫がおりました。夫の病気が発覚したのは息子が五歳のときです」

ハッと朋子さんの顔を見た五十嵐さんが、ゆるゆるとまた視線を落とした。

「私はすでに余命銀行で働いておりました。私が余命を与えることも可能でした。だけど、私はしなかったんです」

どうして、という目を五十嵐さんはしている。伝わったのだろう、朋子さんは何度かうなずいた。

「私は夫との残りの日々に全身全霊で向き合いました。息子にも話をし、ふたりで見送りました。そのことに後悔はありません。でも、あなたが余命を集めているのを見て、うらやましくなったのは事実です。今、あのころに戻れたなら、私も同じことをしたかもしれません」

凛とした言葉で朋子さんは言う。初めて聞く朋子さんの過去。でも、これって逆に今の五十嵐さんの背中を押すことになってしまうのでは……。

心配したとおり、五十嵐さんの瞳がさっきよりも明るくなった。

「じゃあ手続きをしてください。今からすれば間に合うかもしれない。あの子に、あの子に私の――」

「ムリです」

はっきりと口にした朋子さんに、驚いた顔のまま五十嵐さんがフリーズした。

「今申しあげたのは、私の個人的意見です。余命銀行の行員としては賛成しかねます」

「でも、でもっ……！　私がそうしたいんです」

今にも立ちあがりそうな五十嵐さんに、

「聞いてください」

と言う言葉が、ひどく冷たい温度に感じた。

「悠生くんはすでに余命銀行のことを知っています。そうよね？」

朋子さんの問いかけに私は深くうなずいた。

「少し前のことです。五十嵐さんが来る前に、悠生くんはひとりで余命銀行に来られました。『余命銀行なんてつぶれちゃえばいいんだ』、そうおっしゃっておりました」

「ああ……」

絶望の崖に突き落とされたように五十嵐さんはうめいた。その肩を朋子さんが抱いた。

「もしあなたがいなくなったなら、悠生くんはどうなると思いますか？　ひとりぼっちになるだけじゃない。あなたを殺したという罪悪感を抱えて生きることになるんですよ」

声にならない泣き声を漏らし、五十嵐さんは体を折った。

「じゃあ、もう……どうしようもないの……です、か？」

「いいえ」

すぐに朋子さんが答えた。その表情にはなぜか笑みが浮かんでいた。

「今、あなたは最後の個人面談をパスされたんですよ」

「え……？」

顔をあげる五十嵐さんは意味がわからないという顔をしている。私も同じ表情をしているに違いない。

朋子さんがバッグから取り出したのはあのタブレットだった。

「一年以内の余命を分ける場合、二度と会えなくなることはありません。提案なのですが、あなたの余命を十一カ月間預けるというのはどうでしょうか？　そのバッグに診断書も入っているんじゃないですか？」

ハッとした五十嵐さんがおずおずとバッグから白い封筒を取り出した。受け取った朋子さんがなかを見て満足そうにうなずいた。

それでも五十嵐さんは不安そうに病室のほうへ目を向けている。

「でも……八日間の待機期間があるって……」

「大丈夫です。『そういうのはなんとでもなるもんだ』と伊吹から言付かっております」

あっけらかんと言う朋子さんに、私のほうがビックリしてしまう。意外にルールは緩いのかもしれない。

「じゃあ、あの子は助かるんですね！」

立ちあがろうとした五十嵐さんの手を朋子さんが引くと、タブレットを渡した。

「こちらにサインをください。すぐにです」

「あ……はい」

渡されたタッチペンで書く文字は、尋常じゃないほど震えていた。書き終わると、朋子さんは大きくうなずいた。

「これで申し込みは完了し、今、あなたの命は彼に引き継がれました。でも、実はまだお話があるんです」

そう言うと、朋子さんは見えないようにタブレットを隠してなにやら操作をしだした。

「今回のあなたのクラウドファンディングは日本だけでなく、世界からも注目されるニュースとなりました。余命銀行としましてはこれ以上実態を知られるわけにはいきませんので、予防措置として申し込みボタンを無効化しております」

「そんな……」

「が、しかしですね」と朋子さんは笑みを浮かべた
「世界のなかには、あなたの息子さんを助けたいという強い想いを持つ人がおられます。そういう方がいろんな場所で余命銀行に出会ったらしいという報告を、伊吹から受けております」

「それって、それって……」

顔を涙でぐしゃぐしゃにして五十嵐さんがすがりつくように尋ねた。

「余命銀行としましては倫理的な観点からすべて希望どおりに申し出を受け入れることはしないでしょう。ですが、友子さんと同じく十一カ月の余命まででしたら契約を進めるそうです。何人が申し込んだかについてはまだ私たちにもわかりません」

「ああ……ああっ」

五十嵐さんが床に倒れ込むように崩れ落ちた。

「ありがとうございます。ありがとうございます！」

「あなたがたくさんの人を動かしたんですよ。ただし、これ以上、余命の移譲や勧誘をした場合は無効となります。いいですね？」

五十嵐さんが立ちあがると同時に、向かい側の部屋のドアが開いた。

「先生！」

出てきた医師と看護師にすがりつく五十嵐さん。

「いや、驚きました。一時は危なかったのですが驚くほどの回復力を見せましてね……」

困惑した先生の向こうに悠生くんはいた。ベッドに横たわり弱々しい様子ではあるが、しっかりと目を開き、五十嵐さんを見てニッコリ笑っている。

「悠生。悠生！」

転びそうになりながら駆け寄った五十嵐さんが、悠生くんを強く抱きしめた。

「お母さん、僕の体が弱いせいで迷惑をかけてごめんなさい。僕、僕……」

「いいのよ。お母さんこそごめんなさい。もう絶対に離れないから。そばにいるから……！」

嗚咽を漏らす五十嵐さんに頭をさげてから、私たちは病院をあとにした。


銀行までの帰り道は満たされた気分でいっぱいだった。不思議と体調もよくなっている気がする。

病は気から、ということなのだろうか。

「朋子さんありがとうございました」

「なに言ってるのよ。花菜ちゃんがあの支店長を動かしたのよ」

「伊吹さんを？　まさか」

そんなことあるわけがない。結局病院にも来なかったし、大事なときも姿を消していたし……。あれ、ひょっとしてあのとき、開かずの扉の向こうで……？

ふふん、と笑った朋子さんが人差し指をまた口に当てた。

「内緒だけど、本部はクラウドファンディングに大層お怒りだったって。余命銀行の存在がバレては困る。申し込みもぜんぶ認めないって決断をしてたのよ」

「ええっ？」

「でも、花菜ちゃんがあんまりにも必死だったから、支店長が上に抗議して、なんとか認めてもらったってことらしいわ。支店長は素直じゃないけど、ちゃんと考えてくれてるのよ」

そう言うと、朋子さんは「帰って寝るわ」と言って銀行とは反対の道へ消えていった。

伊吹さんがそんなことを……。

どうしよう、なにも知らず失礼なことを言っていないか心配だ。

「なん」

声に顔をあげるとワトソンが少し先に座っていた。

「ワトソン。迎えにきてくれたの？」

が、彼は近寄る私から逃げ、夜の闇に消えてしまった。

夜空の遠くに、さっきよりも小さく見える月が浮かんでいる。

今回の契約も結局十一カ月間という短い期間だけになってしまったけれど、焦燥感のようなものはなかった。

たくさんの余命を集めて、なんとか少しでも自分に返ってきてほしいという気持ちはあるけれど、五十嵐さんと悠生くん親子を見ていると、無理やり契約を進めなくて良かったと思えた。五十嵐さんも、これからは悠生くんのことをちゃんと見るだろうし、これで良かったんだ……。

スマホを取り出し通話履歴からひとつを選び、通話ボタンを押した。

「もしもし？　花菜？」

夜中だから出ないかも、と思ったけれど意外にもお母さんはすぐに出た。

「夜遅くにごめんね」

「いいの、いいのよ。なにかあったの？　体の具合が悪いの？」

こうしていつも心配してくれていたんだね。再婚をきっかけにぎこちなくなってしまったけれど、親だって完璧じゃない。

それを知った今、お母さんに向き合いたいと思えた。

「今ね、休日出勤してきたの。落ち着いたら、代休を取って帰るよ。良人さんにもちゃんと会いたいし」

「え……いいの？」

もう涙声になっているお母さんに勝手に笑みが浮かんでしまう。

心の奥にある砕け散った鏡が再生していくのが見えた気がした。まだひび割れていてうまく心を映せないかもしれないけれどきっと大丈夫。

はしゃぐお母さんの声を聞きながら歩いていると、銀行の建物の前で寒そうに立っている伊吹さんが見えた。

自然に私は笑顔になっていた。

第四章

いつか、バトンを渡す日に

六月はいつも雨のにおいがしている。

梅雨の晴れ間である今日も、次の雨を予告しているかのごとく湿った風が体にまとわりつく。

バッグを手に歩きながら体調を確認すれば、この数週間はウソみたいに安定している。冬ごろには常にあったはずの息苦しさもなく、体のだるさも胃の痛みからも解放されている。

それでも気持ちが重いのは、どうせまた具合が悪くなるだろうという予感がそばにあるから。

来週は久しぶりの検診があるから体調を整えておかないと……。

余命銀行の裏口で大きく深呼吸して仕事モードに切り替えてから、ドアを開ける。

なかに入ると、朋子さんがにこやかな笑顔を見せてくれた。

「おはようございます」

「おはよう。コーヒー飲む？　あと一杯分はあると思うんだけど」

「いつもすみません。いただきます」

パソコンで出勤登録をしてから給湯室でマグカップにコーヒーを注いでいると、正面にある開かずの扉から伊吹さんが出てきた。今日も前髪とメガネのせいで目は見えないし、口もへの字に結ばれている。つまり、いつもと変わりがないということ。

挨拶をすると「おう」と伊吹さんは右手をあげてから、慣れた手つきで南京錠をかけた。

余命銀行の秘密があるであろう部屋にしては、昔ながらのセキュリティだ。

「あの部屋ってなかはどんな感じになっているんですか？」

好奇心を悟られぬよう、何気ない口調で朋子さんに確認してみる。

「私もチラッとしか見たことがないの。暗くてよくわからなかったけど、支店長が言うにはただ機械が並んでいるだけなんですって。なんかしっくりこないわよね。ドアの向こうに神様がいて余命を割り振っているっていうほうがよっぽどリアルな気がするわ」

濃い目のコーヒーを飲みながらカウンターについた。あと十分で今日の仕事がはじまる。

「花菜ちゃんもここに来てもうすぐ三カ月ね」

隣のカウンター席で朋子さんはパソコンを起動させている。

「あっという間でした。こうして働けているのも朋子さんにスカウトしてもらったおかげです」

あの日、朋子さんに誘ってもらっていなければ、今頃はどこで働いていたのだろう。持病に苦しみ絶望していた過去は夢だった、と信じそうになるくらいの穏やかな日々に感謝の気持ちが湧いてくる。

「誰のおかげだって？」

地獄耳の伊吹さんがすかさず加わってきた。

「も、もちろん伊吹さんのおかげもあります」

慎重に言葉を選ぶと、片眉をひそめた伊吹さんが「うむ」と胸を張った。いつもの黒スーツに今日は水色のネクタイを締めている。服装はキマッていても、髪がボサボサのせいで寝起きみたいに見える。

「梅雨をイメージしてるんだ」

聞いてもいないのに誇らしげにネクタイを持ちあげた伊吹さんに、「お似合いですよ」と朋子さんが声をかけた。

「俺もそう思う」

伊吹さんは真顔で言うと私たちに一枚の用紙を配布した。

そこにはよくわからないグラフが描かれている。横には細かな文字で……ああこれは予算管理表だ。

「今日までの予算余命、つまり予命は見事にマイナスだ。六月末までにざっと十年分の余命を獲得してほしい」

私が働くようになってからは最初の契約以来、余命を預けたいという人が訪れることはあっても、説明の段階で帰ってしまうことばかり。

六月も後半というのに今月の契約数はゼロだ。

あ、でも……。

「悠生くんの余命は、たくさんの人から集まったんですよね？　ひとり十一カ月だとしても」

いろんな国からの支援があったと聞いている。悠生くんの顔を思い出せば、余命が延びて本当に良かったと胸が温かくなる。

「甘いな」

ひとことで私の温度を奪い去る伊吹さん。

「うちの銀行への預け入れは母親からの十一カ月だけ。あとはほかの支店だ。それに、そもそもあれは先月分だ」

渋い顔の伊吹さんが、メガネを取り丁寧に拭きはじめた。

「だいたい、日本人は頭でっかちすぎるんだよ。じっくり考えて断るケースが多すぎる。とにかく――」

そこでゴホンと咳払いをした伊吹さんが私を見つめた。レンズ越しではない瞳は鋭く、孤高の狼を連想させる。

「もっともっと余命を集めなくちゃならん。花菜は今のままで良いと思ってるのか？」

「いいえ。クビになったら困ってしまいます」

余命の少ない私が頼れるのはこの仕事だけ。あとはいくつか契約している保険くらい。

自分の生活のためにもしっかりがんばらないと。

私の気合いが伝わったのだろう、目をしばたたかせたあと伊吹さんはメガネを装着した。

「クビにするとは言ってない」

「じゃあ異動とかですか？　その場合、外国ということもありえますか？」

どの国の言葉もしゃべれないし、そもそもパスポートすら持っていない。なにより専門医がいる今の病院を変えることは、私にとっては余命を縮めることを意味する。

異動になってしまったら仕事を辞めなくちゃならない。やっと慣れてきて、自分なりのやりがいも見つけられたのに……。

伊吹さんは「ん」と肩をすくめた。

「余命銀行は必要な人の前に現れるが、どこにあるのかは俺にもわからないって言っただろう。だから異動はない」

なあんだ、とホッとすると同時に、伊吹さんはズイと顔を近づけてきた。

「だからって安心するな。しっかりがんばれよ」

「はい」

「次に窓口に来た客の余命は、なんとしてでも預けてもらうんだ。せめてひとり一年以上を目指そう」

そう言うと、伊吹さんは開かずの扉の向こうへと引っ込んでしまった。

朝から重い気持ちがずんとのしかかっている。ううん、実際に少し息が苦しくなっている。

そういえば、持病について朋子さんに話したのは最初だけで、その後、体調については報告していない。伊吹さんに至っては書類には書いたものの見ている気配もないから私が病気であることを知らない可能性だってある。

結局、歌住実や親にも話せないままだし、そんな自分が急に情けなく思えてくる。

「あんまり目標は気にしなくて大丈夫よ。花菜ちゃんらしくやってくれればいいの」

「がんばります」

やさしくフォローしてほほ笑む朋子さんに、覆っていたモヤが少し晴れた気がする。

コーヒーを飲みながら予算管理表を眺めていると、朋子さんが「そうだ」と手を打った。

「こないだ実家に顔を出したって言ってたわよね？」

「はい。少し前に帰りました」

「やっぱり実家っていいものよね。うちの息子もたまには帰ってくればいいのに」

お母さんは想像の何倍もよろこんでくれ、新しい夫である良人さんは、やっぱり名前のとおりの良い人だった。食べきれないほどの料理を用意してくれ、最初はぎこちなかったけれど数日泊まっているうちにわだかまりも消えていった。

私が『再婚を勝手に決めてたことがショックだった』と告白したときは、お母さんだけでなく良人さんまで酔いも手伝って泣き出してしまった。

「不思議なんですけど、すごく楽しかったです」

「だと思った。リフレッシュしてきたのが伝わってきたもの」

「もっと早く顔を見せておけば良かったなって思います」

あれ以来、たまに顔を出すようにしている。気持ち的には長い反抗期が終わったような、そんな感じだ。

――ギイイイイ。

音とともに表のシャッターが自動で開いた。いよいよ始業だ。

「絶対に契約を取りますから」

意気込みを言葉にすると、

「がんばらなくていいのよ。私もがんばったことないから」

とウインクしてくれた。

とはいえ、ここに来店する人はほとんどいない。

より多くの人に足を運んでもらうにはどうすればいいのだろう。

表に立って勧誘するのはどうだろうか？　契約しなければ、その人からここに来た記憶は消去されるみたいだし、数打てば当たる戦法も有効かもしれない。

いや、伊吹さんが上から怒られるかもしれないから、一度相談してからにしよう。

まあでも、そもそもここでいくら契約を取ったからって、私に余命が回ってくるという保証はないのだから無理する必要もないのかもしれない。それでも溺れる者はなんとやら、だ。

そんなことを思案していると自動ドアの開く音がした。

いきなり来客があるなんて珍しい。これは、私にも運が回ってきたってことだ。

「いらっしゃいませ」

これまででいちばん大きな声を出してすぐに口を閉じた。

それは、入店してきたのが中学生だったから。この近くの中学の制服を着ている彼女は、珍しそうに店内を見回している。

チラッと朋子さんを見ると、困ったようにこちらへ目くばせをしてきた。

……イヤな予感がする。

もし彼女がお客さんだとしたらかなり難易度が高い。マニュアルによると未成年者の契約は必要な書類も多く、審査も厳しい。手元にある昨年の売り上げデータを見ても、未成年者の契約数はゼロと表示されている。

が、間違って入ってきたのかも、という期待は、彼女がまっすぐ私の前に来たことですでに風前の灯。

「ここって余命銀行だよね？」

あ、消えた。めげそうになる気持ちを奮い起こし笑顔を作る。

「さようでございます。余命のお預けを希望されていますか？」

「うん」

白いシャツに茶色いチェックのスカーフ。肩までの髪は茶色く染めてあるけれど、あどけない顔が幼い印象を与えている。

「身分証明書、いるんでしょ」

はっきりとした言葉でそう言うと、カウンターの上に朱色のケースに入った身分証明書を置いた。

そこには『県立第二湖西(こさい)中学校　三年二組　南山心春(みなみやまこはる)』と記してある。

「南山様、本日はご来店ありがとうございます」

頭をさげながら、マニュアルを見やる。ここからかなりの段階を経ないと契約までたどりつけない。

「今回は南山様が余命を――」

「心春でいいよ」

「……え？」

「下の名前で呼んでくれていいって。この苗字好きじゃないし」

不機嫌そうな心春さんに、「承知いたしました」と頭をさげた。

「で、余命を預けるにはなにをすればいいわけ？　あんまり時間がないんだけど」

これでは相手のペースにはまってしまう。さりげなくカウンターの下に隠してあるマニュアルをめくった。

「心春様が余命を預けるご本人様ということでよろしいですか？」

「うん」

「余命を預けたい人はどなたになりますか？」

「名前は南山加奈子。うちの母親……っていうか二番目の人」

「二番目の？」

パソコンに打ち込む手を止めて尋ねると、心春さんはイライラしたようにため息をついた。

「だから、新しいお母さん。といっても三歳のときからだけど。うちの父親、私が物心つく前に再婚してたんだよね」

余命を義理の母親へ預けたいということだろう。

「つまりお母様に余命を移管したいということでしょうか？」

「だからそう言ってるじゃん。三十年間分預けたいの」

「さん……三十年分ですか!?」

一瞬よろこびかけたもののすぐに我に返る。

これは参った。余命は預ける年数が多いほど審査が厳しくなる。未成年に加え、長期預け入れとなると仮に契約が成立したとしても今月中というのは難しいだろう。

心春さんはスマホをいじりはじめているけれど、指先や視線の動きで緊張していることが伝わってくる。

なぜそれほどたくさんの余命を預けたいのだろう。

「心春様、余命の受け渡しについて説明をいたしますね」

「心春さん、って呼んでくれる？　なんかむずがゆいし」

「承知いたしました。心春さん、余命を預けるにはいくつかの条件が必要となります」

「は？」と不機嫌そうに鋭角の眉を向けてくる心春さん。茶色の前髪が顔にかかるのもそのままにじっと見つめてくる。

「そんなの聞いてないし」

　これから説明をするところなんです。

　そんなことを言えるはずもなく口元の笑みを意識した。

「余命を預ける方が未成年の場合、保護者の同意が必要となります。ご両親のどちらかに同意書のご記入をいただかないと口座の開設に進むことができないんです」

「マジで？」

　スマホを乱暴にカウンターに置いた心春さんが、今度は私をギロッとにらんだ。

「そんなのどうでもいいからやってよ」

「決まりですからできかねます」

「あー、うざっ」

　足を組む心春さんがどこか強がっているように見える。ううん、なにかに追い詰められているような……。

「お母様に命を預けたいとなると、本人からの同意書は取りにくいかもしれませんね」

「そうだよ。バレたら絶対に反対されるもん」

「お父様のほうはいかがでしょうか？」

「あー、あの人はムリ」

　右手でヒラヒラと手を振る心春さん。

「もうずっと海外で仕事してるから。帰ってきても私にだけ会ってすぐに戻っちゃうし、次にいつ帰国するかもわかんないんだよね」

へえ、と思った。じゃあ心春さんは義理のお母さんとふたりで暮らしているってことか……。まあ、物心がつく前に再婚しているからいいのかもしれないけれど。

「もういいじゃん。とにかく手続きやってよ」

「申し訳ありません。同意書がないと先に進めないんです」

しびれを切らす心春さんに、何度目かの謝罪を口にしてから隣の朋子さんを見ると軽くうなずいている。今のところ対応は正しいようで安心した。

心春さんはしばらくすねたようにそっぽを向いていたが、やがて椅子に座り直した。

「どうしても余命を渡したいの。お願いします」

何度言われても同意書がない限り難しいだろう。

「ねえ、心春ちゃん」

お客さんにも『ちゃん』づけで呼ぶ朋子さんにビックリしてしまう。気にする様子もなく朋子さんは首をかしげてみせた。

「どうしてそんなにたくさんの余命を渡したいの？　三十年間もの余命を預けるなんて普通じゃないわよね？」

「おばあさんにはわかんないよ」

「おばあ……」

朋子さんの顔が、笑みを浮かべたまま見る見るうちに真っ赤に変わっていく。目を見開き、あごのあたりがわなわなと震えている。

「あ、あの心春さん。事情を説明してほしいだけなの。なにか契約できる方法があるかもしれないから」

慌ててフォローすると、心春さんは「なんだ」と肩をすくめた。

「だったらそう言えばいいじゃん。回りくどいんだよね」

視界の端に映る朋子さんは今にも沸騰しそうなほど怒りに満ちている。いつも温厚な朋子さんだけど、『おばあさん』というのは禁止ワードのようだ。

「教えてください。どういう理由で加奈子様に余命を預けたいのですか?」

「えっと……」

黙って髪をいじりながら、心春さんは床に目をさまよわせた。

「お母さん……ガンなんだって」

消えそうな小声に思わず絶句した。

しばらく黙ったあと、心春さんは「でね」と続けた。

「こないだまでピンピンしてたのに急に具合が悪くなって調べたら、もうどうしようもないほど進行してたって。あの人、ほんとのん気でさ、『家で死にたいから入院はしない』って言い張ってて……。お父さんに相談したけど、忙しいらしくて全然帰ってこないし」

さっきまでの態度は強がりだったのだろう、声のトーンがどんどん落ちていく。

「クラスでちょっと前に話題になっていたクラファンのことを思い出して、ここを探してたの。親に余命をプレゼントするのが禁止なわけじゃないんでしょ。だったら契約してよ」

「ムリです」

キッパリと言ったのは朋子さんだった。

「『未成年者取消権』ってのがあってね、親の承諾なしの契約は認められていないの。わかったらお帰りなさいな」

よほどさっきの『おばあさん』発言が気に障ったのだろう、朋子さんはプンと横を向く。

黒猫のワトソンが急にカウンターの上に飛び乗ってきた。心春さんの顔をじっと見てから、なぜか私のほうを振り向く。まるで『なんとかしろ』と言っているみたい。本当に不思議な猫だ。

でも……と、手元に置いてあるマニュアルを再度確認する。

何度見てもやはり未成年は同意書がない時点で契約はムリだし、それに三十年も預けてしまうのはやりすぎだと思う。

「契約できるだろ」

突然うしろから伊吹さんが低く声をかけてきた。給湯室で新しいコーヒーを淹れていたらしく、香ばしいにおいが鼻腔をくすぐった。

伊吹さんは心春さんに向けて作り笑いを浮かべた。

「母親が書類をちゃんと見るとも限らないし、とりあえず軽く見せる感じでサインをねだってみたらどうでしょう？　理由は、学校で保護者の同意書が必要になったとか、クラスで流行しているウソの余命銀行とか言えば信じてくれるかもしれません」

「伊吹さん――」

抗議を予想していたのか、伊吹さんはこちらへ右手をパーの形で開き阻止してくる。

「花菜、三十年と二十年、あとは十年の場合の同意書を作って。朋子さんは全部ダメだったとき用に、定期積み立ての書類も作成しておいて」

「え、でも……」

躊躇する私たちを置き去りに、伊吹さんはカウンターの外に回ると心春さんの前に立った。

「説得するのはお客様です。こういうのは改まった感じだと親も不審に思う。学校からのプリントを見せる感じでやるのがいいでしょう」

「お母さん、こういうのってじっくり読むタイプなんだよね」

「まずは三十年の同意書から見せるのです。拒否されたら二十年、最後は十年と少しずつ緩和していくのです」

そんな戦略まで教えるなんてどうかしている。さすがに止めようと口を開いてから、すぐに閉じた。

余命を集めるのがこの銀行の使命だし……。でも、だますような契約を勧めるのはやっぱりおかしいと思う。

「あの、すみません」

会話に入り込もうとするが、

「それでも拒否されたらどうすんの？」

という心春さんの質問に打ち消されてしまった。

ふむ、と拳を口元に当てた伊吹さんが名案を思いついたように指を一本立てた。

「父親をムリにでも呼び戻してはいかがでしょうか。向こうだって妻の病状にかなり動揺しているはずです。どうしても戻れないなら、国際郵便で送ればいいのです。昔と違って今は早く届きますから」

こんな無茶苦茶な契約、あとで絶対に揉めるのは目に見えている。

「なるほどね」

心春さんは感心したようにうなずいている。どうやら伊吹さんの案に乗っかるつもりらしい。

「ただし」と、伊吹さんが長い腕を組んだ。

「一年以上の余命を預けた場合、お前……心春さんが母親に会えるのはあと一回になります。つまり、そのあとは一生会えなくなる。それでもいいのか？」

どんどん伊吹さんの口調が通常モードに戻っていく。

「ウワサで聞いてるから知ってる。それでもいいよ。全然、構わない」

よほど母親のことが好きなのだろう。いつもはこの説明をすると口座開設をあきらめる人が大半を占めるというのに、心春さんは迷いのない目をしている。

「ならいい」

満足そうな伊吹さんが『どうだ』のアイコンタクトを送ってくるけれど、やっぱり同意書を印刷することができない。三十年……ううん、たとえ一年預けたとしても母親にはあと一度しか会うことができなくなる。

こんな重大な契約を簡単に結んでいいのか疑問が残る。というか、疑問しかない。

「さっき言ってた定期積み立て、ってなんのこと?」

心春さんの声に顔をあげると、ワトソンと目が合った。じっと私を見てからそっぽを向いてしまう。

伊吹さんが腕を伸ばし、朋子さんが印刷した定期の見積書を心春さんに渡した。

「ああ、説明がまだだったな。毎年少しずつ命を移行していくことを定期積み立てと呼ぶ。手数料として余命を多めにもらうが、これなら一気に命を削られることもない。それに、毎年一年未満の余命を積み立てれば今後も変わらずに母親と会うことができる」

「ふうん」

ワトソンがじっと見つめてくるので、私も仕方なく同意書を作成しプリントアウトした。定期積み立ての同意書もプラスしておく。

その間に伊吹さんが健康診断を受けるように説明してくれている。

ぜんぶ渡し終わると、心春さんはうれしそうに席を立った。

「なんか本当に余命銀行があるなんてビックリ」

「関係者以外の誰かに話した時点で契約は終わる。いいか、母親以外には絶対に口にするな。父親に同意書をもらうなら話しても構わないが、友達はダメだ」

丁寧な口調は止めたらしく、伊吹さんはエラそうに言った。

「わかってるって」

「というか今回の場合、お前より父親のほうが契約者としてはふさわしいしメリットも大きいだろう。まずは父親を呼び戻して説得してみろ」

「うーん。とりあえず考えてみる」

「うむ。なかなか物わかりの良い――」

「ありがとうね、おじさん」

心春さんがそう言って外に飛び出していく。

立ち尽くす伊吹さんが私をゆっくりと信じられないという顔で見てきた。

「あいつ、俺のこと……おじさんって言ったのか？」

「私のこともおばあさんって言ったんですよ」

キイイと朋子さんが怒りを露わにしている。

「そ、それよりどうしますか？　お父様の契約ならいいですが、もしも心春さんが契約者のままで同意書をもらってきたら本当に契約するんですか？」

母親が病気だからといってこれは正しいことなの？

　中学生といえばまだまだ母親にも甘えたい時期だし、会えなくなることの重大さも今は理解していないように思える。もちろん余命三十年という重さも。

「当たり前だろ。なんなら手数料上乗せしてもらいたいくらいだ」

「三十年は行き過ぎかもしれないけれど、十年くらいならいいんじゃないかしら」

　舌打ちする伊吹さんに朋子さんも同調している。

「朋子さんまで？　だってあんな小さい子どもから余命を奪うなんて……」

　そう言う私に朋子さんは居住まいを正した。

「余命銀行は、本当に必要な人の前に現れるのよ。あの子が本当に預けたいと思ったからここに来たわけでしょう？　そこから先は、彼女が考えることだと思うの」

　シュンとする私に伊吹さんが大きくため息をついた。

「なにを躊躇してる。やっと来た客じゃないか」

「でもまだ中学生ですよ。正しい判断ができているとは思えません」

「じゃあなんだ？　スーパーの店員は子どもが高級ステーキ肉を買いにきたら反対すべきなのか？」

「それとこれとは話が別です。預けるのは自分の命なんですよ？　それに母親にあと一度しか会えなくなるのに契約を勧めることはできません」

　口をへの字に結んだ伊吹さんが「あのなあ」と低い声に変わる。

「花菜の常識を他人に押しつけるのは止めろ。人には時に、どんなことをしてでも助けたい命があるんだよ。たとえ間違いだとしても、そいつが必死でつなぎとめたい命のことを考えてやれ」

　真剣みを帯びる口調に思わず息を止めた。

　言っていることは正しいと思う。でも、同意書を取る方法がおかしい、と言いたい。言葉にまとめる前に、伊吹さんがまっすぐに私を見た。

「俺たちは余命銀行で働いている。正しいか間違いかは本人が決めることであり、こちら側が関与する問題じゃない」

　悔しいけど正論だと認めざるを得ない。

「私も支店長の意見に賛成よ」

　と、朋子さんまで肩を持っている。

「でも、いいんでしょうか」

　しょげる私に、朋子さんがうなずいた。

「私は母親だからわかるの。心春さんのお母様は絶対に同意書にはサインしないわ。心春さんはお父様に同意書をお願いすることになる。きっと心春さんじゃなく、お父様が契約者としてここに来ることになるでしょう」

　予言者のようにはっきりと口にする朋子さん。

　前回は親が子どもに、今回は子どもが親に命を預けようとしている。

　定められた運命に逆らうことがこの銀行の務めだとしたら、余命銀行の存在は正しいのだろうか。

「余命宣告されたの」

散々迷いに迷って口にした言葉は、シンプルすぎたらしく、歌佳実はグラスを持ったままフリーズしてしまった。

金曜日の居酒屋『とびまる』は珍しく混んでいて、カウンター席も満席状態が続いている。

さっきまで『花菜の隣の人、超イケメン』なんてヒソヒソ声で言っていた歌佳実に、なぜか余命のことを話そうと思った。前から決めていたわけではなく、急にお腹のなかから言葉が飛び出した感じだった。

案の定、冗談だと思ったのだろう、歌佳実はグイと残りの梅サワーを呷(あお)るとグラスを持ちあげた。

「守さん、お代わりちょうだい！」

大声で追加オーダーをしたあと、歌佳実は私の頭の上から足の先までを見回してきた。

「ヨメイ、ってあの余命のこと？」

「そう、その余命のこと」

「余命って言えば、あのクラファンはどうなったんだろうね。ほら、お母さんが息子のために命の募集してたやつ。無事に余命銀行を見つけたのかなあ」

　空いたグラスを飛鳥くんに渡すと、歌住実はメニューを広げた。このままではスルーされるかもしれない。

　きちんと説明しなくちゃと、口を開く前に歌住実がギュッと眉をひそめた。メニューを追っていたネイルの輝く人差し指も止まっている。

「ごめん、ひょっとして花菜のことを言ってるの？」

「うん」

「花菜の余命がないってこと？」

「うん」

　二度目の『うん』に歌住実が目を見開いた。

「え、え、え！　どういうこと!?」

「病院でね、余命を――」

「最初から詳しく話して！」

　やっと事の重大さに気づいた歌住実にホッとした私は、

「最初は運動をしてないのに息が苦しくなってね」

　違和感を覚えはじめたころから説明をした。心臓の病気の可能性が高いこと。進行形の病気が発症しそうなことをきちんと伝えた。

　歌住実はスマホを操作し、ときおり調べながら聞いていたが、話し終わるまで口を挟んでくることはなかった。

不思議なのは、悲しいことを伝えているのに、どこか安堵している自分がいること。やっと話すことができたのがうれしくて、少し切ない。

「今は『拡張型心筋症の疑い』なんだけど、この数日、体調が良くなくって……」

余命銀行で働き出してから、体調は一進一退だ。しばらく安定していた体調も、月末あたりから再び息苦しくなることが増えていて、今も少し動いただけで疲れを感じている。顔や足にむくみが出ていることも自覚している。

昨日の受診では、また検査結果が良くないことを説明された。念のため、診断書もバッグに入れて持ち歩いている。

「……全然知らなかった」

スマホをカウンターに落とすように置くと、歌住実は私の手を握った。

「このままだとどうなるの？」

「今飲んでいる薬で改善が見られなければペースメーカーとか、心臓移植とかも考えなくちゃいけないいんだって」

言い終わる前に歌住実は短く悲鳴をあげた。周りのお客さんの視線が集まる。

「大丈夫だよ。ただ、なにかあったときのために歌住実にだけは伝えておきたくって……」

「え、親には伝えてないの？」

「ダメだよ。そんなのダメ！」

「まだ言ってない」

「ちょ、さっきから声が大きいって」

口を閉じようとする私の腕を払い、

「そんなのいいの！」

と歌住実はさらに興奮している。

「私に話してくれたのはうれしいよ。でも、ご両親にこそちゃんと言わなくっちゃ。こないだ仲直りしたんでしょ？」

「もともとケンカはしてないし……」

「お待ちどおさま。どうかした？」

店長が梅サワーを手に不思議そうな顔をしている。

「……なんでもない」

グラスを受け取った歌住実がキュッと口を閉じた。

「そう。じゃあ、グラスもらうよ」

手早くグラスを回収すると、店長は厨房に戻っていく。

「びっくりしすぎて大きな声出しちゃった」

小声になる歌住実に「うん」と答えた。

「私もまだ実感ないんだけどね……」

「だってこんなに元気なんだもん。当たり前だよ。私もちゃんと調べてみるから」

本当は今朝、部屋のトイレで散々吐いたことは言わないでおこう。午後になって少し落ち着き、やっとなんとか外出できる状態になったのだ。それでも、歌住実が心配してくれることがうれしかった。

もっと早く伝えるべきだったと思う気持ちと、伝えて良かったのかという後悔が混在している。

「でも……やだな。教えてくれてうれしいけど、悲しすぎるよ」

私の腕に額を押しつける歌住実に、

「本当だね。なんでこんなことになったんだろうね」

やっぱり私も悲しくなった。


送っていくと言う歌住実をなんとかやり過ごし、駅への道を歩いた。もしまた急に体調が悪化して歌住実の前で弱った姿を見せることになったらと思うとこれ以上一緒にいるのは嫌だった。

歌住実に話をしようと思ったのは、最初の依頼者だった親友ふたりを見たときから頭にあった。私も、自分の病状について、せめて歌住実には知っていてもらいたい、と思ったのだ。

もちろん歌住実から余命をもらおうなんて考えてはいない。ただ、自分の最後を友には知ってもらいたいから。

最近は、余命銀行から余命を分けてもらえるかもという期待も小さくなっている。心春さんのことだって、何十年もの余命を移管する契約を結ぶことに躊躇しているし、余命銀行に貢献していると言えまい。

結局、強引に契約に持っていく前に、自分のなかにある常識がストップをかける。

売り上げも悪いみたいだし、余命を分けてもらう以前にクビになる可能性もある。

体調も、良くなったり悪くなったりを繰り返すシーソーゲーム。最近は悪いほうへ傾きがちだ。

『死』の足音におびえながら、『生』の存在を必死で探しながら、今の私は生きている。

「お母さんにもまた話しにいかないとね……」

雨があがった繁華街は、濡れた地面にネオンが映っていて美しい。これまでは素通りしていたなにげないポスターやウインドウに並ぶ洋服ですら輝いて見える。

繁華街を抜ければ、あと少しでタクシー乗り場が見えてくる。

かなり息があがっている。まるでマラソンのあとみたいに胸が痛い。土日はのんびり家で過ごしたほうが良さそうだ。

あれから心春さんはどうしているのだろう。きちんと父親か母親と話をすることができたのかな。

私だって自分の親に話せないでいるのに、あのときは強く反対してしまった。朋子さんの言うとおり、母親は同意書にサインするとは思えないから父親に話をしたのだろうか……。

「ちょっと離してよ！」

その声は最初、幻聴かと思った。心春さんのことを考えていたから、重ねてしまっただけだ、と。

振り向くと、若い警官に腕を取られた制服姿の女子中学生。二歩近づくと、暴れている少女が心春さんだとわかった。

「いいから来なさい」

必死でなだめる警官から逃れようと、心春さんは足をバタバタさせている。

周りの人たちのなかには、おもしろがってスマホで撮影しようとしている人もいる。

「触らないでよ。エッチ！」

叫ぶ心春さんに思わず駆け寄っていた。いぶかしげに私を見た警官の向こうで心春さんがホッとした表情になった。

「お姉ちゃん！」

「え？」

心春さんは捕まえられていないほうの手で私の腕をつかむと、警官に差し出すように引っ張った。

「私が言ってたのはこの人。ほら、ウソじゃないでしょ!?」

まだ若そうな警官がじろじろと私を見てから心春さんを解放した。

「あなたはこの子とここで会う約束をしていましたか？」

「約束？」

聞き返すと同時につかまれた腕に力が入るのがわかった。目だけで『うなずいて』と懇願してくる。いや、脅されているような気もする。

「はい。約束をしていました」

答えると同時に腕の力が少し弱まった。

「本当に？　だとしたら不自然でしょう。中学生とこんな夜中に待ち合わせるなんて。これからなにをするつもりだったんですか？」

警官が怪しむのも無理はない。駅裏のこの場所は町で唯一の繁華街で飲み屋がひしめき合っている場所だから。

「だから言ってるじゃん。知り合いと約束してたって。ね？」

ね、じゃないよ。これじゃあ私が悪者になっちゃう。

「あなた、名前は？　なにか身分を証明するものある？」

右手を開いて提示を求める警官に、思わずため息がこぼれた。

ああ、最悪だ……。通り過ぎていく人たちが好奇の視線を投げてくる。しょうがない、とカバンから財布を取り出すとき、チラッと昨日もらったばかりの診断書が見えた。

「生内花菜さんですね。この子とはどういうご関係で？」

まるで尋問するような口調で、マイナンバーカードの情報をメモ帳に書き写していく警官。

「き、近所の――」と言いかけて、心春さんの住んでいる場所を知らないことに気づいた。

「友達の家の近くに住んでいる子です。昔から仲が良くって……」

最後は小声になってしまう。

「それにしても中学生をこんな時間に呼び出すなんて非常識でしょう」

「はい」

「ちょっとそこの交番まで一緒に来ていただけますか？」

有無を言わさぬ様子の警官に、バッグから診断書を取り出して渡した。

「実は私、心臓の病気で……具合がかなり悪いんです。今日も残業のあと動けなくなって、心配した心春さん――心春ちゃんが迎えに来てくれたんです」

かなり苦しい言い訳だと思ったが、警官は診断書を見てハッと目を見開いた。じっと見たあと悲しげな表情に変わる。

「……難病じゃないですか。いや、実はうちの父親も同じ病気、というか生内さんと同じく疑いの状態なんです」

思ってもいない展開に私も警官と同じ表情を作った。ウソは嫌だけどこのままつき通すのがベストだろう。

「近くに身寄りもなく、友人も出張で不在でして。どうしようもなくて心春ちゃんに助けを求めたんです」

心春さんが息を呑んでいるのがわかった。

「私のせいでご迷惑をおかけして申し訳ないです」

頭をさげると、さっきよりも呼吸が苦しい。ああ、私はなにをやっているんだろう……。


翌々日の日曜日。夕刻、補導された場所で会った心春さんは、ケロッとした顔でそばにある喫茶店へ私を連れていった。

昔ながらの建物と内装の喫茶店は、夜はバーらしくカウンターの向こうにある棚には焼酎や日本酒のボトルが並んでいる。どうやら心春さんは昼間の常連のようだ。

窓側の席に座るけれど、黄色い膜がかかったようなガラスの向こうに見える町はぼやけていた。

気だるそうな年配の女性が注文を取りにきたので、私は柚子(ゆず)茶を、心春さんはクリームソーダを頼んだ。

「で、この間はなにをしていたんですか?」

あの夜、警官から解放されたあと、心春さんと一緒にタクシーに乗った。どうしてあそこにいたのか尋ねる私を避けるように心春さんは運転手に道を伝えたり、曖昧にごまかしたりして事情を全然聞けなかった。

　五分ほど走った住宅街で降りようとする心春さんを捕まえ、これだけは、と改めて今日会う約束をしたのだ。

「ちゃんと説明してくれる？」

　さっきよりも怖い声で言うと、心春さんはアゴを軽く前に出した。

「ごめん」

　彼女なりの謝罪なのだろう。

「どうして夜遅くにあんなところにいたの？」

「だって、お母さんひどいんだよ。余命銀行の同意書、書いてくれなかったんだもん。で、家を飛び出したってわけ」

　悪びれる様子もなくそんなことを言う心春さんに呆れてしまう。

「家出して捕まったってこと？」

「しょうがないじゃん。そうでもしないと、お母さんわかってくれないんだもん」

　ぶすっと唇を突き出す心春さんは、クリームソーダが運ばれてくるとさっさと食べはじめる。バニラアイスを食べたとたん、口元が緩んだ。

　大人っぽいようでいて、まだ子どもなんだな……。

　そんな彼女の母親はもうすぐこの世を去ってしまう。助けたい気持ちは理解できても、心春さんが余命を預けることが正しいかについてはわからない。

あのとき伊吹さんが言っていた『どんなことをしてでも助けたい命がある』の言葉がずっと胸に残っている。

「病気なの？」

「え？」

ハッと顔をあげると、心春さんは上目遣いで私を見ていた。

「一昨日、警察の人に診断書を見せてたでしょ。心臓、治らないの？」

「あ……うん」

柚子茶が立てる湯気を見つめた。

今朝は幾分マシだったけど、日々疲れやすくなっている気がする。おそらくこのままじゃ、週四日の八時間勤務にすら耐えられない。

「進行中の難病でね。治療法が確立されていないの」

「……そうなんだ」

つぶやくように言ったあと、心春さんはスプーンから手を離した。

「余命を誰かにもらわないの？」

「そういう人がいれば、ね。今日は私の話はいいから」

いつの間にかタメ語になっていたけれど、それすらいいかと思えてしまう。

「良くないよ。だって死んじゃうんだよ？　ただ死ぬのを待つなんて悲しすぎるよ」

反論しようと開いた口を一度閉じた。ただ死ぬのを待つだけの身だった私が余命銀行に入社した。もうあれから三カ月が過ぎ、季節が変わりはじめるなかで私自身の考え方にも変化が起きている。

「……そうだね。最初は、余命銀行で働いたらね、誰かから余命をもらえるかもっていう期待はあったよ」

「存在しないと思われている場所で働いているんだもん。期待して当たり前。それが人間なんだよ」

だんだんどっちが年上なのかわからなくなってきた。ぬるくなった柚子茶を飲んで唇を湿らせる。

「でも、働いているうちにそういう気持ちは薄れてきたの。不思議だけど、私はやっぱり余命を預けたりすることに抵抗があるみたい。どうしても、正しいことなのかなって考えちゃうの」

心春さんと話していて、何人かのお客さんに説明してもなかなか契約に結びつかなかったのは、私自身のなかにある正義感のせいだったのだと気づいた。余命を削ってまで誰かに命を与えることが正しい、と言い切れない自分がいる。

やっぱり、この仕事は私には合っていないのかもしれない。

いまさらかもしれないが、朋子さんに相談してみよう。

そこまで考えて、向かい側に座る心春さんの口がへの字になっていることに気づいた。

「私は抵抗なんてないよ」

「ごめんね、ヘンなこと言っちゃった」

「ううん。みんなそれぞれの考え方があるだけ」

クリームソーダのアイスが溶けはじめている。

「私、中学生になってからずっと反抗ばっかしてんの。お母さんにすぐに口答えするし勉強はキライだし、家出だって何回したかわかんない」

「そうなんだ」

「ふと気づいたらお母さんの具合が悪くなってた。私からするとある日突然に、って感じで……。お医者さんは『お母さんに残された時間は少ないでしょう。それまでの間、お母さんを大切にしてください』って言うの。私、まだ中学生だよ。普通、そんな残酷なこと言う？」

吐き捨てるように言ったあと、心春さんはギュッと目をつむった。

「余命銀行に行けたらいいな、って思ってた。そしたら見つけたんだよ。迷うことなんてなんにもない。正しいかどうかなんて関係ない。お母さんを助けたい。なのに、お母さんは同意書を捨てちゃった」

母親になった経験はないけれど、もし自分なら同じことをするだろう。

「子どもの命をもらいたい親なんていないんじゃないかな」

言葉の途中で心春さんの瞳に涙がたまっているのがわかった。

「そんなことわかってる。じゃあなんで私は余命銀行に行けたの？　必要な人にしか現れないって……」

右の瞳からこぼれた涙を隠すように、心春さんはうつむく。そう……余命銀行は本気で願った人の下に姿を現すはず。

そのときになってふと思い出した。

「心春さんのお父さん、海外に赴任されてるのよね」

「もうすぐ戻ってくるって。散々ほったらかしにしたくせにさ」

「お父さんに同意書を書いてもらうしかないよ。三十年は難しいと思うけど、支店長が言ったみたいに定期にするとか。もしくは、お父さんの余命を預けてもらうとか……」

我ながらひどいことを言っていると思ったけれど、ほかの案が思い浮かばない。

が、心春さんはプイと横を向いてしまう。

「あの人には頼みたくない」

きつい口調だった。

「だってあの人、この五年くらいの間に戻ってきたのはたった三回だけ。戻ってきても忙しそうに仕事ばっかりしてて、今回だって本当に戻ってくるのかどうか怪しいし」

「お母さんの病気のこと、話したんでしょう?」

「話した。でもきっと今回も『急な仕事』とか言い出すよ。あんな冷たい人が自分の余命なんてあげるわけない」

怒りをぶつけるように心春さんはストローでクリームソーダを一気飲みしている。もう感情を隠すのはやめたのだろう、ポロポロ涙がこぼれている。

「お母さんが病気になったのは、あの人のせい。ほったらかしにしたせいでこんなことになったんだよ。もしお母さんが亡くなったら、私、あの人とは絶縁するつもりだし」

静かな口調の心春さんに、私は返す言葉が見つからなかった。

「あ、もう行かなきゃ」

「え？」

つられるように心春さんと一緒に立ちあがる。

「これからおばあちゃんの家に行くの。同意書っておばあちゃんとかでもいいんでしょ」

「それはそうだけど……。明日は学校じゃないの？」

「は？　こんなときにそんなこと言ってらんないっしょ。じゃあごちそうさまでした」

ペコリと頭をさげると心春さんは店を出ていってしまった。

もしも、同意書を持ってきたなら契約を進めるしかないだろう。いくら私が反対したとしても伊吹さんは受け入れてくれないだろうし。

内心複雑な気持ちのまま会計をして外に出ると、夕方だというのに蒸し暑い風が体をなめていった。梅雨明けはまだだけど、七月になり日々気温もあがっている。

コスメを買ってから帰ろうと歩き出してすぐに足を止めた。

やばい。血の気が一気に引く。

これまでに体験したことのない強烈な吐き気が襲ってきた。もう一度店に戻りトイレに駆け込んだ。

「ああ……」

重力が強くなり今にも倒れそうになる感覚。急激に病状が悪化したのかもしれない。店の人にお礼を言い、外に出ると世界は変わっていた。歩くたびに景色が夏に溶けていくようで、ビルも電柱もグニャグニャと曲がって見える。

すぐにめまいの嵐に動けなくなった。

しゃがんで電信柱に手をつき体を支えるが、呼吸がうまくできない。ギュッと目をつむって嵐が去るのを待つ。まるで溺れていくように息が苦しくなっていくのを感じる。

ふいに「大丈夫ですか?」という声が耳元で聞こえた。

男性の声だとわかるだけで答える余裕なんてない。

「ゆっくり深呼吸してください」

背中に当てられた手を意識しながら息を吸うが、走ったあとみたいに苦しい。

「鼻から吸ったほうが酸素が入りやすいと思います」

「はい」

少しずつ落ち着いてくる呼吸に、ようやく景色ももとどおりに見えてきた。

「そこにベンチがあります。僕の腕に……そうです。支えますから歩きましょう」

この人は誰なのだろう。言われるがまま足を前に出してみる。

大丈夫、歩けそう。

アスファルトだけを見ながら歩き、ようやく駅前のベンチに座ることができた。

改めて助けてくれた人を見ると、同世代くらいのスーツを着た男性だった。こちらを心配そうに見つめている。清潔感のある細い黒髪、真顔でも笑みを浮かべているような目に鼻筋がスッと通っている。

「あ……あの……」

「話さなくて大丈夫です。落ち着いたらタクシーを呼びますね。病院へ行かれますか？」

男性は私の呼吸が元に戻ったのを確認するとスマホアプリでタクシーを呼ぼうとしてくれた。

「行き先はどこの病院にしますか？」

「病院は……大丈夫です」

「いえ、その様子じゃ僕が心配になります」

休日診療ではこの難病を診てくれる医師はいないだろう。説明することもできず、自分でタクシーを呼んだ。

「あの、お名前を教えていただけますか？」

タクシーを待つ間、せめて名前だけでも聞いておこうと思った。

「ドラマとかでよくあるやつですね。名乗るほどの者じゃございません」

どうやら彼は明るい人のようだ。にこやかな笑顔が夏によく似合っていた。

思ったより早く到着したタクシーに乗り込む。

「本当にありがとうございました」

「いえいえ。お大事になさってください」

タクシーに同乗することもなくあっさりと行ってしまった。そのまま振り向きもせずに歩いていく。

走り出すタクシーが男性を追い抜くと、彼は大きく手を振ってくれた。私もバックドアガラス越しに手を振った。

これっきりの出会いなのが少しさみしくなった。


「ああ、困った困った」

お客さんのいないフロアをさっきから伊吹さんがウロウロしている。

「結局今月の売り上げも現段階ではゼロ。こりゃあ、花菜に異動の話が来ちまうかもなぁ」

チラッと視線を送ってきては、目が合うとわざとらしく目を逸らす伊吹さん。先日は異動はない、って言ってたのに。

たしかに契約は取れていないのは事実だし、やっぱり私には向いていないような気がする。

「支店長」

私より先に文句を言ったのは、朋子さんだった。

「そんなこと言ったってしょうがないじゃないですか。花菜ちゃんはここの受付担当なんですから」

「そりゃそうだが……」

「そもそも営業は支店長の仕事ですよね。ここで嘆いている暇があったら仕事を取ってきてくださいよ」

「う……」

「花菜ちゃんが昨日休んだのだって、風邪じゃなくて支店長のパワハラに悩んでかもしれませんよ」

「うう……」

伊吹さんの弱点は朋子さんらしい。肩をすぼめて奥に引っ込んだ伊吹さんが少しかわいそうになる。

そうなのだ。本当は出勤するつもりだったのに、前日の夜になり高熱が出てしまい昨日は休ませてもらった。

寝込みながら、あの助けてくれた男性のことを何度も思い出していたことは内緒だ。

「ありがとうございました」

伊吹さんが開かずの扉に姿を消すのを見届けてから朋子さんにお礼を伝えた。

「体調、あんまり良くないみたいね。やっぱり前に聞いた持病のせい？」

ハローワークで会ったときを最後に、朋子さんには病状について報告していないが、覚えていてくれたようだ。きちんと相談しなかった自分を悔いながらうなずいた。

「実はそうなんです。ここに来てからも良くなったり悪くなったりしていて、今は悪いほうで……それも『かなり悪いほう』なんです」

「しばらく休んだっていいのよ。有給休暇はまだないけど、欠勤扱いにしてもらえばいいんだし。ご覧のとおりお客さんも来ないしね」

「はい……」

どうしようか。この仕事に向いていないことを言うべきだろうか。

手元に視線を落としているうちに、朋子さんは給湯室へ行ったらしい。しばらくして戻ってきた朋子さんがマグカップをひとつ渡してきた。

「私特製の甘酒よ。冷蔵庫に置いてあるからお湯で薄めていつでも飲んでね」

「ありがとうございます」

「この時期ってちょうど夏に変わるタイミングでしょう。意外と体にくるのよ。甘酒って昔は夏場に飲んでたそうよ」

湯気から甘い香りがしている。ひと口飲むと、さっきより心が整理された気がする。

「最近悩んでいるんです。私、お客さんが来ても、伊吹さんみたいに熱心に余命を預けることを勧められなくて……」

「ええ」

ズズッと甘酒を口に運んだ朋子さんがうなずく。

「事情を知れば知るほど、口座の開設をしなくて済むようなアドバイスをしてしまうんです。だから、きっと……この仕事に向いていないんだと思います」

これまで担当したケースでも、無意識に余命を預けないほうへとアドバイスをして、銀行のためにならないことをしてしまっている。

「私がいることで、余命銀行の売り上げがあがらないなら――」

「それは違うわ。全然違う」

はっきりとした口調で言う朋子さんに驚いた。

「あのね、なんで私が花菜ちゃんをここの行員に推薦したかわかる？　花菜ちゃんがやさしい人だと一目でわかったからよ」

「全然やさしくなんかないです。親友とも親とも連絡を怠っていて、やっと最近会えるようになったばかりだし……」

「でも、ちゃんと会いにいけたんでしょう？」

やさしく尋ねる朋子さんにうなずく。

朋子さんが「そういうところよ」と笑った。

「ちゃんと相手がどう思うか考えてから行動したり口にしたりするでしょう。自分だけじゃなく相手のことを思いやれることこそが、やさしさなのよ。仕事もそう。仕事だからってなんでも勧めるんじゃなく、相手のことをちゃんと思いやって意見を口にできている。そういう人がこの銀行には必要なのよ」

　と言ったあと伊吹さんがいるであろう開かずの扉を指さした。

「支店長は普段はぶっきらぼうで愛想がなくて頑固だけど、お客さん相手だと流暢に口座開設を勧めるじゃない。それはべつに余命銀行の本部が厳しいからじゃないのよ」

「え……違うんですか？」

「余命銀行は中立であるべきなの。けれど、支店長はなんとしてでも余命を多く集めたい。よくわからないけど、そうするとできることが増えるんですって」

　それは初耳だ。できることっていったいなんだろう……。

「それにここだけの話だけど、花菜ちゃんが来てからのほうが契約数増えてるのよ」

　いたずらっぽく笑う朋子さんに目を丸くした。

「え、でも……まだ二件だけですよ？　それにどちらも一年未満ですし」

「誰かに命を預けるってそういうものなのよ。支店長は契約を取りたくてイライラしてるけどいつものことだから気にしないで」

　そう言われてもな……。

「とにかく、花菜ちゃんが素直な心で判断できる人だからこそ、私は推薦した。一緒に働いてそのとおりの人だって実感してる。これは本当のことよ」

「……はい」

　うなずきながら急に泣きたくなった。恥ずかしさと照れくささと、誰かにわかってもらえたような気がしたから。

　同時に、いつもどこかで余命を分けてもらおうと思っていた自分が恥ずかしくなった。邪な考えを捨て、朋子ちゃんとお客様に向き合いたいとはじめて思えた。

　だとしたら、朋子さんにも病気のことをちゃんと伝えたい。

「実は、私の病気……かなり悪いんです。余命宣告もされています」

　私の告白を、朋子さんはまるで知っていたかのようにうなずいて聞いている。

「だから、朋子さんにも迷惑をかけることがあるかもしれません。そのときはごめんなさい」

　この調子じゃ間もなく起きあがることも難しくなりそうだ。入院になったり手術になればかなり迷惑をかけることになるだろう。

「そうだったの……。言いにくいことを話してくれてありがとう。このこと、ご両親には？」

「まだ、です。なかなか勇気が出なくて……」

　非難されると思ったのに、朋子さんは「そうよね」と同意してくれた。

「本当に大切な人には、なかなか言いにくいものよね」

「はい」

「私だって息子になんでも話しているかって問われたら、それは違うもの。とにかく、今は体調を大事にね。休んだってかまわないんだから」

「ありがとうございます」

不思議だった。朋子さんが受け入れてくれたことで、逆に親に伝えたい気持ちが生まれている。

「今日は帰る?」

朋子さんのやさしさが甘酒と一緒にお腹に温かく沁みていく。

「大丈夫です。最後までがんばります」

「がんばらなくていいのよ。のんびりとね。じゃあ買い出しに行ってくるから留守番よろしくね」

「はい」

裏口から朋子さんが出ていくのと同じタイミングで入り口の自動ドアが開いた。

飛び込んできたのは心春さんだった。

え、まだ昼前だけど……。

腕時計で時間を確認している間に、心春さんは私の座るカウンターの前まで来ると「ねえ」と怒った声で言った。

「同意書なくてもなんとかならないの?」

「あ、おばあちゃんもダメだったの——ですか?」

タメ語になりかけてしまった。心春さんは椅子に座るとぶうと頬を膨らませた。

「お母さんに先に連絡されたの。わざわざ遠いところまで行ったのにめっちゃ怒られたんだよ。さらに私に内緒であの人に迎えにこさせて。マジ最悪なんだけど」

　あの人、というのは父親のことだろう。

「海外から戻ってきたんですね」

「すぐにあっちに戻るみたい。いる間にみんなでディナーに行こうなんて自分勝手なこと言ってさ。ほんとムカつく！」

　嫌悪感むき出しの心春さんが、「ああ」と頭を抱えた。

「お母さん、本当に具合が悪そうなのにどうすればいいの。なんとかしてよ！」

「今、お母さんはひとりで家にいるんですか？」

「ううん。おばあちゃんと……お父さん方のおばあちゃんが青森から来て泊まり込んでくれてる」

　さっきまでの勢いを失くして力なく心春さんは言った。

　本当はそばにいてあげたいはずだ。だけど、余命銀行を知ったばかりにそれができずにいる。

「このままじゃお母さんが……お母さんが……」

　涙声になる心春さんに「わかります。わかります」と答えた。

「心春さんの気持ちはわかります。本当にお母さんのことが好きなんですね」

「好きだよ。本当のお母さんじゃないけど、それ以上に私のこと考えてくれている。私はそれに気づかず反抗ばかりしてて……だから、せめて命を分けたい」

　嗚咽を漏らす心春さん。それでもやっぱり私は賛成できない。

「心春さんの命を分けてもお母さんはよろこびません。むしろ、そのことを知ったら自分自身を責めると思うんです」

「だったらどうすればいいのよ！」

　声を荒らげた心春さんの頰に涙が伝っている。

「お父さんにきちんと話をすべきです」

「それはイヤ」

「お母さんの命を助けたいのでしょう？　今は意地を張っている場合じゃないこと、心春さんだって本当はわかっているはずです」

　悔しげに顔をゆがませる心春さん。そうだろうな……。母親の具合が悪いことを知っても、ディナーを提案するような父親なら反発して当然だ。

　だけど、今できることはそれしかない。

「お父さんは今どこにいらっしゃるんですか？」

「知らない。車で無理やり家に連れていかれそうになったから、信号待ちの間に逃げ出してきた」

　開かずの扉が開く音がしたので振り返ると、メガネを拭きながら伊吹さんが出てきた。

　南京錠をかけようとして、お客さんがいることに気づいたのだろう。

「これはこれは、いらっしゃいませ」

満面の笑みで近づきながらメガネをかけた。

そこで心春さんだと気づいたのだろう、「げ」と顔をしかめ、足を止めた。前回『おじさん』と呼ばれたことを根に持っているのだ。

「あれ、親父さんは？」

心春さんがなにも答えないのを見て、伊吹さんはこれみよがしにため息をついた。

「どうせ同意書も取ってないいんだろ。ちょっと書類見せて」

伊吹さんに、心春さんに先日書いてもらった書類一式を渡した。

「どっちみち心春さんは未成年だから同意書がないとなんにも――」

途中で言葉が止まったので見あげると、伊吹さんは眉をひそめている。

「あれ……」

「どうかしましたか？」

「……いや、なんでもない」

そっけなく書類を返された。

急な変化に戸惑っていると入り口の自動ドアが開く音がした。見ると、中年のサラリーマンが入店してくる。振り向いた心春さんが椅子を鳴らして立ちあがった。

すぐにその男性が心春さんのお父さんだとわかった。目や口元がよく似ていたから。

「え……なんでお父さんがここにいるの？」

「心春、お前……」

驚いたのは向こうも同じらしく、心春さん以上に目を見開いている。

我に返った心春さんが首を横に振った。

「なによ……あとをつけてきたの？　普段はほったらかしのくせに、電話だけで会いにもこなかったくせに、なんなのよ！」

今にも飛びかかりそうな勢いの心春さん。カウンターから腕を伸ばして止めようとしても、すぐに躱されてしまった。

「お母さんが大変なんだよ。私を止めに来る前にどうして家に戻らないのよ。今だって、こんなところに来てる場合じゃないのに、なんで……」

うわああ、と声をあげて心春さんが泣き出した。

「お母さんが死んじゃう。死んじゃうのになんにもできないよ。どうして私じゃダメなの。私がいちばん救いたいのに……！」

「心春……」

父親が抱きしめようとするのに抵抗しながら嗚咽を漏らす心春さん。

心春さんのために私ができることは……。

「お父様、すみません。話を聞いていただけますか？」

呼びかけるのと同時に心春さんは父親の手を振りほどきうしろの席へ逃げた。そちらを気にしながらも彼はやっと私を見てくれた。

「今からお話しすることを信じられないかもしれませんが聞いてください。実はここは

――」

「余命銀行ですね」

そう言うと、彼は疲れたように椅子に腰をおろした。

まさか知っているとは思わなかったから絶句したまま立ち尽くしてしまう。

いつの間にか隣に立った伊吹さんが、

「久しぶりだな」

なぜか彼に向かってそう言った。

「伊吹さん……でしたか。またあなたに会う日が来てしまいました」

「今回は遅かったな」

「仕事の都合がつかず、かなり焦りました」

話が見えずにいるのは私だけじゃなく心春さんも同じ。うしろからそっと近づき耳を澄ましている。

私の椅子をチョイと押す伊吹さん。座れ、ということだろう。隣の椅子に伊吹さんも腰をおろした。

「この人は、南山誠(まこと)さん。書類を見てやっとわかった」

「はじめまして」

深々と頭をさげる南山さん。向こうにいる心春さんと目が合った。伊吹さんが「こっちに座れ」と手招きをした。

迷いながらも心春さんはようやく座ってくれた。

今……なにが起きているのだろう。ひょっとして、とある予感がどんどん大きくなるのがわかる。

マウスを操作し、伊吹さんはパソコンの画面に契約書の控えを表示させた。

「ああ……」

思わずため息が漏れた。契約書の名義人の箇所に、南山誠の名が記してある。契約日は五年前。余命を渡す相手は南山加奈子——心春さんのお母さんだ。

そこには五年分の余命を預けると記載してあった。

「伊吹さん……。南山さんは、奥様にすでに余命を預けていたので——あ！」

思わず伊吹さんの腕をつかんでいた。

「余命を預けたことを口にしたら無効になるんじゃ……」

余命銀行のことを他者に話してしまうと、契約は無効になると言っていたはず。ここには契約に関わっていない心春さんがいる。

「いや」と横顔で伊吹さんは言った。

「もう南山さんが預けた余命の残高はゼロになってる。だからべつに構わないさ」

南山さんは「ごめんな」と心春さんを見た。呆然とした顔の心春さんは、状況がまだ理解できていないように見える。

「今から五年前に、お母さんの病気が発覚した。医者に行ったときにはもう手遅れでなぁ」

　悲しい話なのに懐かしむような口調で南山さんは天井を見あげた。

「ビックリしたよ。お母さんがいなくなるなんて想像もしなかった。お母さんは入院しての治療はしないって言い張るし、心春だってまだ小学生だっただろ。もしも余命銀行があったら、って毎日願ってた。そして……やっと見つけたんだ」

「あのときの南山さん、必死だったもんな」

　プリントアウトした契約書を心春さんに渡す伊吹さん。奪うように取った心春さんが文字を追うたびに青ざめていく。

「五年……預けてたの？　じゃあ、お父さんが海外に行ったのって……」

「お父さんな、心春にはたくさんお母さんと過ごしてもらいたかった。でも、余命銀行のことは言えない。お父さんはお母さんにあと一度しか会えない。それは五年が過ぎ、契約が終わっても同じなんだ」

　確認するように南山さんは伊吹さんを見た。

「契約は契約だからな」

　伊吹さんの口調が少しさみしげに耳に届いた。

「そうでしたね。同じ日本にいながらお母さんに会えないのはつらすぎる。それに、心春だって納得しないだろう？　だから、ムリして海外に転勤させてもらったんだよ」

「そんな……。じゃあ、戻らなかったんじゃなくて」

「戻れなかったんだよ」

やさしく説明する南山さんに、心春さんは涙でくしゃくしゃになった顔のまま契約書を見つめ続けている。

ふと疑問に思い、「あの」と声をかけた。

「南山さんが、奥さんに最後に会ったのはいつのことですか？」

「余命銀行を見つけた日の朝です。家に帰ると、それが会える最後の一回になるでしょう？　だから転勤の日まではホテルに泊まってやり過ごしました」

自嘲するように笑う南山さんの瞳も潤んでいる。

じゃあ、契約後は今まで一度も……？　私は思わず南山さんの顔を見つめる。

「もちろん妻はすぐに気づいた。勘が鋭いし、私が余命銀行を探していたことを知っていたのもあったでしょう。あのあと、ここに来たんですよね」

「ああ」と、伊吹さんがうなずいた。

「契約を交わした翌日にはすっ飛んできた。えらく怒っててなあ。『自分の運命は自分で決めたい』って泣いてたよ。たまたま朋子さんがいない日だったから大変だった」

苦い表情を浮かべた伊吹さんが心春さんに視線を向ける。

「あのとき約束させられた。『もう余命は絶対に受け取らない』って」

「そんな……！」

ハッと顔をあげた心春さんの瞳から涙がまたこぼれた。

「じゃあ私がしたことって……ムダだったってこと？　それじゃあもうお母さん、死んじゃうんでしょ！　だったらなにも意味ないじゃん！」

絶叫するような声がフロアに響き渡った。

「それは違うと思います」

自分でも不思議なほど言葉がスッとこぼれた。怒った顔を向ける心春さんにもう一度言う。

「違います」と、今度は断定した言い方に変えて。

「余命銀行で契約をした場合、八日間は待機期間があります。その間に、お母さんはここに来られた。それならキャンセルもできたはず。ですよね？」

「ああ」と、伊吹さんは言った。

「最初はキャンセルすると言われたが、最後は受け入れていた」

「え……？」

きょとんとする心春さんにうなずく。

「お母さんはキャンセルをしなかった。心春さんとの五年間を選択したんです」

たとえ夫に会えなくなっても、残りの日々を子供と過ごすことにした。そうして約束どおり、南山さんは五年後にここへ戻ってきたんだ。

「……そうなの？」

鼻を真っ赤にした心春さんが聞くと、南山さんはうなずいた。

「お父さんはもうお母さんと連絡を取れない。だから、おばあちゃんに間に入ってもらってた。みんなの心配は、心春が余命銀行を探すんじゃないかってことだった」

南山さんの目にも涙が浮かんでいる。

「やっぱり心春は余命銀行を見つけ、同意書を書くようお母さんに頼んだ。ひどく怒られたみたいだけど、お母さんはそこまで心春が想ってくれていたこと、すごくうれしかったそうだ。だから、ちゃんと意味はあったんだよ」

「でも、でも……」

鼻を啜る心春さんの肩を南山さんが抱いた。

「心春にもさみしい思いをさせたよな。お父さん、ちっとも会いにこられなかったから」

いまや南山さんも泣いていた。大粒の涙が頬を伝っていく。

「心春、事情を言えなくてすまなかった。お母さんは『心春の成長を見られて幸せだ』とおばあちゃんによく言ってたって」

「じゃあ私の余命を……分けて……」

きっと受け取らないとわかっているのだろう、心春さんの声はかすれて消えた。

加奈子さんはきっと、余命銀行で受け取った五年間の命を全うした。きっと今は穏やかな気持ちでいるだろう。

会ったことのない人なのに、なぜかそう思えた。

「実はな」と南山さんがさっきよりやわらかい声で言った。

「お母さんと最後の交渉をした」

「交渉？」

きょとんとする心春さんに、南山さんはいたずらっぽく笑う。

「お母さんにとっては別れの準備ができる五年間だったと思う。だけど心春はそうじゃない。突然、お母さんの具合が悪くなり悲しい気持ちでいっぱいだろう？」

「そう……だよ。だって、なんにも知らなかったから」

これまでの意地っ張りな姿はなりを潜め、少女らしく心春さんはポロポロ涙をこぼしている。

「一週間、僕の余命を受け取ってもらえることになったんだ」

「え……」

「おばあちゃんが強気でお母さんと交渉を進めてくれてな。お母さんも納得してくれた。だから、今日から六日間はお母さんとふたりきりで過ごすんだ。悲しいかもしれないけど、心春がお別れするための準備だよ」

どうしてこんな悲しい話なのに、南山さんは笑っていられるのだろう。愛する人たちを想う強さに、私も自然に涙をこぼしていた。

「最後の一日はお父さんも入れて家族みんなで過ごそう。やっとお父さんもお母さんに会えるんだ」

「それが最後の……」

「ああ。お父さんがお母さんに会えるのはそれが最後になる。そのあとはお前にお母さんを看てもらわなくちゃいけない。悲しい思いをさせてごめんな。本当にごめんな」

「お父さん！」

すがりつく心春さんを抱きしめる南山さん。まるでバラバラになった家族がひとつになるのを見ているよう。

余命を預けるということは、その人たちの決意――深い覚悟と悲しみ、そして希望がそこにあるんだ……。

もし私で役に立つのなら、もっとお手伝いをしたい。

涙でゆがんだ視界のなか、余命銀行で働く意味が見つけられたような気がしていた。


七月の空に薄い煙がひと筋。

「今、加奈子さんは空にのぼっていったのね」

そんなことを言いながら朋子さんは涙を拭っている。

横で私も静かにうなずく。

あれから契約をし、特別に伊吹さんが取り計らって即時移管した一週間を家族はどんなふうに過ごしたのだろう。

心春さんはうれしそうに六日間のことを話してくれた。どこに行くわけでもなく、ずっと親子で過ごしていたそうだ。いろいろなことを語り合い、最終日にはお父さんも戻り、本当の一家団欒を過ごした。

夕食は、心春さんの好きなハンバーグ、そして南山さんの好物だという野菜の煮物。五年ぶりに会ったという南山夫妻だけど、時の隔たりを感じさせないほど自然に見えたそうだ。

「お父さん……最後にお母さんに愛してるって言ったの」

心春さんは最後にそう言って涙ぐんだ。

「生内さん」

声に振り向くと、心春さんが歩いてくる。

「いろいろありがとうございました」

頭をさげる心春さんに悲壮感はなく、穏やかな表情を浮かべている。

「こちらこそなにもできずにすみません。あの、お父さんは？」

「今、参列してくれた人のところへ挨拶に――」

そこまで言ったあと、心春さんはクスクス笑った。

「なんかみんなね、私とお父さんがあんまりにも普通だから逆に心配してくれてる」

「ああ、私も思いました。とてもやさしくて温かい式でしたね」

人と人との別れはいつだって突然だ。

でも、余命銀行を利用することで、別れの準備ができるのなら、存在意義はある気がした。

心春さんを見送り、朋子さんと並んで歩く。

「結局、伊吹さんは参列しなかったですね」

「支店長は湿っぽいのがキライだからね」

朋子さんが振り返った。

「最近は体調がいいみたいね？」

話題を変えてくれた朋子さんにホッとしてうなずいた。

「少し前がウソみたいです」

そう、この数日はやけに体調が安定している。

「だと思った」

うれしそうにほほ笑む朋子さんを見ていて、ふと気づいたことがある。よく考えたら、体調が良くなるのはいつだって契約をしたあとのことだ。

「待ってください。ひょっとして……余命銀行で働く人は契約数に応じて余命をもらえる、とか？」

「まさか。そんなことしたら二十年働いている私はどうなるのよ」

それもそうか、と納得した。

いい加減、私も余命を分けてもらうという期待は捨てなくちゃいけない。

やっと余命銀行で働くことの意義を見つけられたのだから、しっかりと依頼者に向き合っていかないと。

「さあ、そろそろ帰りましょう。日に焼けちゃうわ」

火葬場に手を合わせると、朋子さんは歩いていく。

「待ってください」

追いかける向こうに夏の空が切なく広がっていた。


不思議なことにあれからずっと、体調は安定している。

郵便局へのお使いを頼まれ町を歩いていても、気持ちの悪さもだるさもなかった。

あれから四日が過ぎた。南山さんは今日から日本での勤務に戻ったそうだ。

さっき電話で「これからはお父さんと暮らすんだ」と報告してくれた心春さんの声は明るかった。

これから先も、あの家族が笑顔で過ごせるといいな……。

郵便局で手紙を出し、外に出ると太陽と目が合った。

と、向こうからスーツを着た男性が歩いてくるのが見えた。

「え……」

思わず立ち止まったのは、見覚えのある男性だったから。一度しか会ってないのに、なぜだろう、すぐにわかった。

あのとき、まるでドラマのように私を助けてくれた男性だ。

男性も同じように足を止めると、パッと顔を輝かせ駆けてきた。細い黒髪が風に揺れているのをあの日もたしかにスローモーションで見た。

「あの、先日の……？」

「ええそうです。あのあと大丈夫でしたか？　ずっと気になってたんです」

助けてもらったときは余裕がなかったけれど、実はあのあと何度も思い出していた。改めて見ると男性はかなりのイケメンだった。

急に恥ずかしくなり「はい」と小声になってしまう。

耐性がないのでこういうときにどんな反応をすればいいのかわからない。

男性はバッグから名刺入れを取り出すと、一枚を私に差し出した。

「宮崎邦俊と言います」

名刺には大手の生命保険会社名と『横浜支部ブロック課長』という役職が記されていた。

「生内花菜です。その節は本当にお世話になりました」

「いえいえ。お元気になられたようで本当に良かったです」

キランと白い歯が光りそうなほど爽やかな宮崎さんに思わずうつむいてしまう。

期待してはダメ。

「じゃあ」

と、頭をさげて切りあげようとする私に、宮崎さんは「良かった」とホッとした声を出した。

「町を歩くたびにまた会えないかと期待していたんです」

「え……」

「だから今日は奇跡が起きた気分です」

にこやかな宮崎さんに、私の頬は簡単に熱くなった。

第五章 壊れた恋の直し方

その女性には凛とした美しさがあった。

彼女が銀行に足を踏み入れた瞬間から、香水のように華やかなオーラがあふれていて、もう何度目かの来店だというのに皆が魔法にかけられたかのごとく目を奪われ続けている。あの伊吹さんでさえも。

ストレートの髪をひとつにくくり、メイクも薄めで服装は黒系のスーツというシンプルスタイル。なのに、ピンと伸びた姿勢や意思を感じる瞳に、強さと品を感じてしまう。

彼女のように私にも生まれ持ったなにかがあればいいのに、残念ながら神様は平等じゃない。

最近は自分なりに勉強をしメイクのレベルはあがっているとは思う。勝手に思っているだけかもしれないけれど。

あまり見つめているのもヤバい。私も姿勢を正し、頭をさげた。

「夏芽正美様、本日はありがとうございます」

名前にも『美』が入っているんだな、そんなことに気づいた。

「こちらこそお世話になります」

初回では申込書を、前回は詳しい説明を、そして今回は健康診断書を提出してもらうことになっている。

差し出された封筒から診断書を取り出す。『受診者』と『所見なし』の文字を確認して手元に置く。

「では――」と、データが表示されたタブレットを夏芽さんに渡す。

「こちらで書類は揃いました。ここまでの確認をさせていただきます」

「はい」

「口座に預ける余命は十年、相手のお名前は冬野正樹様……なんだかお名前が似ていますね」

「え？」

問い返す夏芽さんに慌てて首を横に振った。

「苗字に季節が入っていて、どちらも『正』という字が使われているので……」

どうでもいいことを言ってしまった私にも夏芽さんはやさしい。

「そうなんです」と口のなかで上品に笑った。

「名前に共通点があるということですぐに仲良くなりました。もうずいぶん昔のことですけれど」

契約書によると夏芽さんは現在二十九歳。ふたりの出会いは大学一年生のときで、ほどなくして恋人になった。解せないのは、進行形の恋愛ではなく二年前にふたりが別れているることだ。

「八年間おつき合いをされたあと、おふたりは別れているんですよね？　それなのにどうして余命を預けたいと思うのですか？」

普通、別れた相手に余命をプレゼントしたいとは思わないだろう。今回持参してもらった健康診断書と合わせて申請を出すために、その理由をきちんと理解しておきたかった。

「その部分は別にいいだろ」

頭上から降ってくる声にため息をついた。さっきから伊吹さんの気配がないと思っていたら、すぐそばで聞いていたんだ。

「でも……」

躊躇する私を無視し隣の椅子に座ると、伊吹さんは手を伸ばし夏芽さんからタブレットを奪った。

七月になっても黒いスーツの上着を脱がないのは、おそらく伊吹さんのポリシーなのだろう。今日のネクタイは紺色。まばらに黄色い点が描かれていて、夜空を連想させる。

「せっかく十年間もの余命を預けてくれるんだし、固いことは抜きってことで」

最近では誰に対しても敬語を使わなくなった伊吹さん。大口の契約が取れそうだから上機嫌なのはわかるが、もう少し慎重になってほしい。

「きちんとした理由を書かないと審査で撥ねられることもありますので」

無理やり張りつけた笑みで、伊吹さんにではなく夏芽さんに向かって説明するが、「ふん」と隣で笑う声が聞こえた。

むっとする気持ちを抑え、なんとか冷静を取り戻そうとする。伊吹さんが隣にいるとペースを崩されてばかりだ。

そんな私をクスクス笑ったあと、夏芽さんは姿勢を正した。

「理由でしたらお話ししますよ。隠すこともありませんから」

上品な笑みになぜか頬が熱くなる。魅力的な人っていつも余裕がある人のことをいうんだなと思う。

「誰だって不思議に思うでしょうし、担当である生内さんには、なぜ元カレに余命を預けるかについて、きちんと知っていてもらいたいんです」

「しかし」

渋る伊吹さんにも動じず、大きくうなずく夏芽さん。

「大丈夫ですよ。私も早く余命を預けたいので、一回の審査で通るようにしたいですし」

やさしく伊吹さんを諭してくれたあと、夏芽さんは私に視線を向けた。まっすぐな視線に思わずこっちが目を逸らしてしまう。

「生内さんは、大恋愛をされたことがありますか？」

思いもよらぬ問いかけに、一瞬返答が遅れてしまった。

「……いえ。そういう経験は、ない……と思います」

ないけれど、最近は宮崎さんといい関係だ。といっても、お茶したりランチに行ったりするくらいで、告白をされたとかではないけれど……。

内心でそう補足した私は隣で笑いをこらえている伊吹さんをひとにらみしてやる。自分だってそんな髪形と万年スーツでモテているとは思えない。

軽くうなずいた夏芽さんが懐かしそうにほほ笑む。

「正樹……いえ、冬野さんとはまさしく大恋愛でした。大学を卒業してからもずっとそばにいてくれて、私は幸せでした。だけど……恋を壊したのは私のほうなんです」

音もなく息を吐くと夏芽さんは眉間にシワを作った。そこにはさっきまでの笑みはもうない。

「私には夢がありました。どうしてもかなえたくて、冬野さんのプロポーズに応えることができなかったんです。私といるよりもほかの人と幸せをつかんで、と――別れてしまった」

「そうだったのですね」

「彼は大反対をしました。それでも、私がいては彼の邪魔になると思い、無理やり別れました。ううん……本当は私が彼と離れたかったんだと思います」

うなずきながら伊吹さんを見ると大あくびをしている。どうやら契約以外のことには興味がないらしい。

「それ以来、元カノの立場ですからなかなか会うことはできなくなりました。けれど、今でも彼の幸せをずっと願っています。昨年、彼から結婚したという連絡を受けました。今年のはじめに赤ちゃんが生まれたとも聞きました。心からうれしかった。でも……」

また悲しみに包まれる夏芽さん。笑みと苦悩、どんな表情でも美しい。

「彼から連絡がありました。すい臓がんを発症した、と」

「それで余命を……?」

　ゆっくりと目を閉じ、夏芽さんはうなずく。

「私とつき合ったばかりに、彼の時間をムダにしてしまった。生まれた赤ちゃんのためにも、私の命を分けてあげたい。そう思ったんです」

　誰かのために自分の命を分ける。こんな非現実的なことがこの余命銀行では可能になる。改めて考えると、すごい奇跡に立ち会っている気がする。

　伊吹さんからタブレットを返してもらい、もう一度夏芽さんの前に置いた。

「夏芽様のご決心、本当にすばらしいと思います」

「いつ彼に余命が移行するんでしょうか？」

「申請が通りましたら個人面談を実施させていただきます」

「あの」と、不安そうに夏芽さんは顔を曇らせた。

「私が余命をあげたことは冬野さんには……」

「大丈夫です。一切情報は漏らしません」

　それよりも、私にはどうしても確認しておきたいことがあった。

「前回もご説明しましたが、余命を預けられたあと、相手様には一度しか会えません」

　ゆっくりとうなずくと夏芽さんは悲しげな表情を浮かべた。

「それは理解しています。それって彼の家に行っても会えない、ということですか？」

　それは前から私も気になっていた。一度しか会えないのはわかる。でも、狭い日本に住んでいるのだから、家や職場に行けば会えそうなものなのに。

「パラレルワールドみたいなもんだよ」

伊吹さんがあくびのあと言った。

「パラレルワールドって、なんでしたっけ？」

なにかで聞いたことはあるけれど、言葉にするには情報が足りなすぎる。

「端的に言うと、彼が存在しない世界に行くみたいな感じだ。存在しない人には二度と会うことはできない。住所を頼りに訪ねても、そこには別の人が住んでいるだろう。ただし、第三者を通じて情報のやり取りはできるがな」

前回契約した南山さんは、家族を通じて連絡を取っていたらしい。それでも直接会えないのは悲しいだろうな……。

「私は会えなくても構いません。彼を助けたい。それだけなんです」

前のめりになる夏芽さんに伊吹さんは肩をすくめた。

私もきちんと続きを説明しないといけない。

「お話を戻します。個人面談の結果次第で余命の口座は即日開設され、八日間の待機期間を経て余命は移行されます」

説明を聞きながら夏芽さんは涙を浮かべた。

「良かった。これで彼が助かるんですね」

私なら好きな人に自分の命を差し出せるだろうか。

夏芽さんは美しいだけじゃなく、強い人だと思った。

「すごく活きがいいね」

　歌住実はハイボールを飲みながら、そんなことを言った。

　目の前にある刺身のことだと思ったが、視線がこっちに向いているところを見ると、私のことを言っているのだろう。

「なにそれ。元気ってこと？」

　いつもの居酒屋『とびまる』は時間が早いせいかまだ数組しかお客さんがいなかった。カウンターに座る私たちの前で、店長が仕込みをしながら鼻歌をうたっている。息子の飛鳥くんはこのあと出勤予定だそうだ。

　歌住実は「ひひ」と笑うと、

「体調のこともあるけど、恋も仕事も順調みたいだからさ」

　なんて意地悪な目を向けてきた。

「ああ、たしかに」

　ネガティブな性格の私でも、最近の充実ぶりは否定できない。体調もいいし、月曜日に受けた定期受診では採血をやり直すほど数値が良くなっていた。余命銀行の仕事もうまくいっているし、宮崎さんとも何度かランチをしている。

「まさか花菜がナンパで恋に落ちるとはねー」

「ナンパじゃないって。具合が悪いところを助けてくれたんだから」

訂正する私を歌住実は面白そうな目で見てくる。

「はいはい、命の恩人でしょ。冗談で言っただけなのにムキになっちゃって。で、新しい彼の写真ってないわけ？」

「待ってよ。まだつき合ってないんだって。ただ、そうなれたらいいな……って」

「よ、にくいねこのリア充め！」

ガハハと笑う歌住実のことがたまにオヤジに見えてしまう。

宮崎さんとは何度か会っているけれど、今のところランチをとるだけの健全なつき合いだ。

「きっと今の花菜って恋愛運が絶好調なんだよ。前にこの店でも花菜の隣にイケメンが座ってたじゃん。その人も結構花菜のことチラチラ見てたんだよね」

「前に……？　ああ、そんなこと言ってたね」

「ぶほ。あのイケメンをスルーするとは、花菜にはかなわないわ」

仕込みをしていた店長が奥に引っ込んだので、私も反撃することにした。

「歌住実だって飛鳥くんとの仲はどうなのよ」

すると歌住実は外国語を耳にしたみたいにポカンとした顔を作った。

「隠さなくていいよ。こないだはふたりで映画に行ったんでしょ？　まあ最初は年齢差に驚いたけど、そういうのもアリかなって」

試写会に誘う歌住実の照れた顔を思い出す。私の予想では、歌住実は飛鳥くんに恋をしているはず。

「え、待って。飛鳥くんって、ここで働いてる飛鳥くんのこと？」

「ほかに誰がいるのよ。こないだだってふたりで仲良さそうに――」

「ははははは」

突然噴き出して笑い転げる歌住実に、今度は私が目を丸くする。

テーブル席のサラリーマンが首を伸ばして見てくるので、

「ちょっと。急にどうしたのよ」

腕を引っ張っても涙を拭って笑い続けていて、今にも椅子から転げ落ちそう。いくらなんでも酔っぱらうには早すぎる。

ようやく落ち着いた歌住実は、ハイボールを飲み干してから胸に手を当てた。

「驚かさないでよ。いやあ、今のは不意打ちだわ。びっくらぽん」

「びっくら……。え、飛鳥くんとそういう仲じゃないの？」

「ないない。そんなの絶対にありえない」

そう言ってから歌住実は、思い出したように「ぶ」とまた噴き出したあと、急に真顔になった。

急な変化にこっちが驚いてしまう。

「いつか、花菜にもちゃんと話をしないとって思ってたんだけどさ……」

「え、怖い」

　思わずこぼれた言葉に、歌住実はまた迷ったように口をつぐんだ。

「歌住実？」

　たっぷり間を取ったあと、歌住実は小さくうなずいた。長年の親友だからわかる、真面目な話をするとき、歌住実はこんな顔をする。

「花菜が病気のことを話してくれたの、すごくうれしかった。だから、ちゃんと私も話をしたいと思ったの。それが、今なのかもしれない」

　私の手を握ると、歌住実は上目遣いで言う。

「私……実はつき合ってる人がいるんだ」

「……え」

「しかも二年つき合ってるの」

「ええっ!?」

「で、今度結婚することになったの」

「えええええ!!」

　想像をはるかに超える告白に大声を出してしまった。サラリーマンがこっちを見ているのがわかっても抑えられない。

「どういうこと？　え、二年？　結婚？」

　急すぎる告白に脳がまったく追いついてくれない。

「早く言わなくちゃって思ってたんだけど、花菜が元気になったらって決めてたの」

ああ、そうだったんだ。急にしんみりした気持ちに襲われた。

私の体調や仕事のことで気を遣わせていたんだ。いかに自分のことで精一杯になっていたかを思い知らされた気分。

自分の話ばかりで歌住実の話を全然聞いてあげられなかった。

心のなかが幸せな気持ちで満たされていくのを感じる。ああ、うれしくて涙が出るなんて久しぶりだ……。

「歌住実が結婚するなんて、すごく……すごくうれしい。おめでとう」

「やだ。泣かないでよ」

そう言う歌住実の瞳にも涙がたまっている。

きっと夏芽さんもこんな気持ちだったんだ。大切な人になにかしてあげたいという気持ち、すごくわかるよ。

店長が戻ってきて泣いている私たちにギョッとした顔をした。

ようやく落ち着いたあと、聞きたいことはひとつだけ。

「二年もつき合ってるなんて全然知らなかった。どんな人なの？　写真ってないの？」

「写真？　ああ、じゃあ紹介するね」

歌住実が視線を向けた先にいたのは――店長だった。

「私が結婚する相手はなんと、守さんなのです」

満面の笑みの歌住実。

機械的に店長に目を移すと、

「どうもすみま千円」

なんておどけた顔をしていた。


宮崎さんと会うのは数回目なのに、まるで昔からの知り合いのような錯覚を覚える。それは人懐っこい彼の性格のせいかもしれないし、やけに趣味や好きな食べものが合うからかもしれない。

土曜日の昼間のカフェは駅近だというのに公園に面した自然豊かなオープンカフェ。もう少し季節が進めば、今は暑くてたまらないテラス席も心地よくなるだろう。

宮崎さんのお気に入りの店らしく、毎回ここでランチをしている。

改めて見ると、宮崎さんはテレビに出ていてもおかしくないほどスタイルも声も、持っているカバンでさえも洗練されている。一方私は、それなりの恰好をしているが、テレビにはとても出られない。

食後のコーヒーを飲みながら、さっきまで歌住実の重大発表について聞いてもらっていたところだ。

「たしかにそれは驚くね。花菜さんは全然気づかなかったんだ？」

まだ名前で呼ばれることには慣れない。

　体目的ならとっくに結ばれているだろうし、こんなにデートばかり繰り返さないだろう。でも、たくさんの『だろう』の最後には『こんな自分を好きになるはずがない』という結論に達してしまう。

　ひとりになると幸せを感じられるのに、こうやってふたりで話をしていると場違いな気がしてしまう。

「全然気づかなかったです。まさか息子じゃなくお父さんのほうとつき合っていたなんて予想外でした」

「敬語」

「え」と止まってすぐに、敬語を使っていたことに気づいた。前回ここで、お互いにタメ語でしゃべろうと約束したばかりだったのに。

「……予想外だったの」

　言い直すとうれしそうに宮崎さんは目じりをさげた。それだけで世界がキラキラ輝いて見える、と思うのは大げさかもしれない。それでも、久しく感じたことのない恋を実感している。

「友達が幸せなのがいちばんうれしいよね。僕も、最近友達が結婚してね、自分まで幸せな気持ちでいっぱいなんだ」

　はにかむ宮崎さんを秒ごとに好きになっている。

二度と幸せになることなんてないと思っていたのに……。

「ところで余命銀行って知ってる?」

ふいに尋ねてきた彼に、思わず手にしたカップを落としそうになる。

「え?　余命銀行?」

「子どものころ、聞いたことがないかな。自分の余命を誰かに預けられるっていう不思議な銀行のこと」

「ああ……聞いたことはありま――あるあるよ」

漫画に出てくる中国人みたいに返してしまった。

どうして宮崎さんが余命銀行のことを知っているのだろう。いや、ほとんどの人が都市伝説として認識はしているけれど、なぜ今突然そのことを?

自然な笑顔を意識してもぎこちなくなってしまう。宮崎さんは、公園で追いかけっこをしている親子へ目をやるとやさしくほほ笑んだ。

「きっと現実に存在しない場所だと思う。でも僕は信じてるんだ」

「そう……」

「自分の余命を愛する人に預けられるなんてステキだよね。それこそ、真実の愛だと思ってしまう」

そこまで言ってから宮崎さんは恥ずかしそうに口に手を当てた。

「ごめん。なんか、くさいこと言ってるね」

「全然そんなことない。たしかに愛する人のために命を分けたいって思うかもしれないし」

実際に、余命を贈り合う人たちは愛にあふれている。友達同士、親子、元カレにだって贈る人がいるくらいなのだから。

とはいえ、この話題を続けると私がそこで働いていることがバレてしまう危険性がある。なにか話題を探さないと、と考えていると、宮崎さんが私を見つめていることに気づいた。

「僕は、花菜さんにいつか自分の余命を預けたいって思ってるよ」

「……え？」

やっぱり私が余命銀行で働いていることを知っているの？　まさかこの前倒れたのが持病のせいだって気づいてる……？

「今のじゃわかりにくいね。改めて言うよ」

固まる私に、宮崎さんは照れた顔で続けた。

「僕は花菜さんのことが好きです。いつか余命を預けられる関係になりたいと思っている。僕とおつき合いをしてください」

そのまっすぐな視線と言葉に、心臓が大きな音を立てた。

黒猫のワトソンが、客用の席からじっと私の顔を見てくる。

カウンター越しとはいえ、顔をあげればすぐに目が合う。いつもは私になんて興味がないくせに、いったいどうしたんだろう。

「ねえねえ」

隣のカウンター席に座る朋子さんに呼ばれたので、先に目を逸らした。

「もうお母さんには病気のことは話したの？」

「それが……まだでして」

朋子さんは私にとって第二のお母さん的存在になっている。来店者もほとんどないから、お互いの話――ほとんど私の話を聞いてもらっている。

「そう。なかなか言いにくいわよね」

実は言おうとはしたのだが、そもそも母に同時にふたつの重大な話をしようとしたのが間違いだった。もしくは話す順番を間違えた。

先に宮崎さんの話をしたものだから、収拾がつかなくなったのだ。お母さんよりも良人さんのほうがよろこんでいた。

あの告白のあと、宮崎さんは『結婚を前提につき合ってほしい』と言ったのだ。そして、私の両親にも会わせてほしい、と。

病気の話をしてからのほうが良かったのかもしれない。

最近は予想外の急展開に驚くばかり。持病が発覚してから、あきらめてしまった夢が急に目の前に現れている。

ただ……問題なのは私の気持ち。告白されたときの高揚感はすごかったのに、結婚を前提と言われたら急に自分を俯瞰で見ているような錯覚に陥ってしまった。

なんとかうなずく自分をどこか遠くで見ているような、そんな感じ。どこか現実感がない。

宮崎さんに病気のことを話さなくてはならない、という罪悪感にさいなまれている一方で、このところ体調がずっと安定している現状もある。

前に一度頭に浮かんだこと。ひょっとしたら私はすでに余命銀行から命を分けてもらっているのかも、というあれが気になっていた。

朋子さんは否定していたけれど、一度ちゃんと伊吹さんに聞いてみるべきだろう。

朋子さんが席を立つと、うしろからボリボリという音が聞こえてきた。

見ると、伊吹さんが今日のランチ代わりの〝どんどん焼〟という駄菓子を食べている。

「伊吹さん、ちょっと聞きたいことがあるんですけど」

「なんだ？」

「あの、その……余命銀行で働いている人にも命が分けられていることって……ありますか？」

しどろもどろの私に、伊吹さんはモグモグと口を動かしながら「ん」と言った。

「そういうこともあるのかもな」

「え、本当に？」

だとしたら私の予想は当たっていたことになる。期待に満ちた目をしていたのだろう、伊吹さんは呆れたようにため息をついた。

「俺は知らん。余命銀行は不思議なところだし、なにが起きても不思議じゃないってことだ。まあ、あまり過信するな」

ああ、なんだ。伊吹さんにもわからないってことか……。

ガッカリしながらワトソンを見る。

「ワトソン、どう思う?」

「なん」

珍しく返事をくれたワトソンが、するりとカウンターの上に飛び乗って近づいてくる。指を伸ばして驚く。その艶やかな毛に触れさせてくれたのだ。

「大変。ワトソンが!」

「ずいぶんと懐いたな」

モグモグと口を動かす伊吹さんに「はい」と感動しながら答える。

ワトソンはカウンターの上に置いてある卓上カレンダーを前足でチョイチョイと触り遊んでいる。

「そっか……」

宮崎さんは余命を贈り合いたいとも言っていた。そのときは笑って流したけれど、もしかしたら一年以上の余命を贈ると会えなくなることを知らないのかもしれない。

余命銀行のウワサは今やネットでも『都市伝説』の一部で紹介されている。が、内容は『ハリウッドスターは余命をもらっているから若々しい』のように、今っぽいものに修正されている。

それに正直、宮崎さんに余命を預けたい、と言われたとき、素直によろこべなかった。むしろ、もらうことに抵抗があった。

それは、もし自分がもらったとしても私は持病があるから自分の余命を預けられないからという理由だけじゃない。知り合ってそんなに経たない間柄でそんな約束をすることに違和感を覚えてしまったのだ。

あんなに余命がほしかったのに、私はなんて贅沢な人間なのだろう……。

またワトソンが私の顔を見あげてくる。今日は頭をなでても目線を逸らさず、無言でなにか訴えてくるよう。本当に不思議な猫だ。

私は宮崎さんのことをどう思っているのだろう。

そのやさしさや気持ちに応えなくちゃと思う自分と、どこか夢中になれない自分もいる。どうなるかわからないことを悩んでも仕方ない。これから何度も会っていればどちらにせよ感情も動き出すだろう。

「支店長」

給湯室から出てきた朋子さんが声をかけた。

「今日って花菜ちゃん担当の夏芽正美さんの個人面談ですよね。ということはほかのお客様のご対応はできない。つまり、私の仕事は終わりってことでいいかしら」

「構わんよ。この十年の契約が取れればしばらくは安泰だしなあ」

上機嫌の伊吹さんに「やった」と朋子さんはその場で跳ねた。

「花菜ちゃん、悪いけど先にあがらせてもらうわね。急に息子が帰ってくることになっちゃってねえ。困っちゃうわよ」

ちっとも迷惑そうではなく、むしろ上機嫌で朋子さんが帰っていく。

約束の時間まであと少しだ。パソコンを開いて、先日提出した一式の書類を呼び出す。

「伊吹さん、審査が通ったみたいです」

「ああ、さっき見た」

上機嫌で何個目かのお菓子を食べている。

「審査をする機関ってどこなんですか？」

「知らなくても困ることはない」

立ちあがった伊吹さん。長い前髪にお菓子のくずがついていた。

「でも気になります。なにかあったら問い合わせしないといけませんし」

「気にすると老けるぞ。花菜は個人面談をして契約をする。それを上、すなわち俺に報告すれば今日の仕事は終わりだ」

セクハラまがいのことを言う伊吹さんの髪にお菓子がくっついていることは言わないことにした。

前回もらった健康診断書を取り出す。これは本人に返さなくてはならないので、今一度しっかり見ておこう。

「よし大丈夫」

病院名が記してある封筒に入れようとしたときだった。

ワトソンが尻尾で健康診断書をはたいて床に落としてしまった。

「ちょっと……」

床から健康診断書を拾いあげたとき、ふと名前に目が留まった。

「え？」

きょとんとしている間に、自動ドアが開き夏芽さんが入店してきた。

会釈をする彼女は今日も美しく、どこかはかなげな印象だ。奥にあるソファに座る彼女を待たせたまま、もう一度用紙を眺めた。

今度はインターネットの検索エンジンを起動させ調べてみる。

「ああ……」

どうしよう。とんでもないことに気づいてしまった。

伊吹さんに相談しようとするが、

「ああ、これは夏芽さん。ようこそいらっしゃいました」

ぎこちない営業スマイルを浮かべ、彼女を席へ呼んでしまった。

「よろしくお願いいたします」

前の席に腰かける夏芽さん。もちろん伊吹さんは堂々と私の隣に腰をおろした。

これは私から言うしかない……。

腹を決めて背筋を伸ばし一礼をする。

「先日はお申し込みをありがとうございました」

「ええ。それで結果はどうなりましたか？」

「申込書と医師の診断書は無事通りまして、本日は最終面談となります」

あからさまにホッとした顔になったのを見て、予感が確信に変わる。

どこから話をすべきか迷っているうちに、隣に座った伊吹さんがにっこり笑った。

「大丈夫ですよ。夏芽さんなら個人面談もすぐに終わります」

余計なことを言う伊吹さんの腕を夏芽さんに見えないように引いた。

と、伊吹さんは私を見て大きくうなずいた。やっぱりわかっていたんだ……。

ホッとするのもつかの間、私にタブレットを渡してきた。

「では生内くん。ここにサインをいただきなさい」

「え……」

「善は急げ。夏芽さんだってお忙しいから。ちなみに八日間は猶予期間がありますのでご了承――」

「待ってください」

これ以上説明を続けさせてはいけないと、伊吹さんの口を止めた。

「あの、夏芽様は……現在は派遣社員として勤務されていますよね？」

申込書に書いてある派遣業者には先日確認を取ってある。今は、派遣社員としてスマホ販売の窓口を担当しているそうだ。

「そうですが、なにか？」

「その前の勤務は――」

「急いでいるので早めにお願いできますか？」

焦っている、と思った。

「以前は内科医として勤務されていましたよね？」

「は？」

前髪をかきあげる夏芽さんに、診断書を見えるように出した。

「夏芽内科は、あなたのお父様が開業されている医院です。夏芽様はそこで勤務されていた。ここにあるのはそのときに受けた健康診断の結果です。つまり、ご自身の健康の証明をご自身で書かれていることになります」

書面の欄に目を落とすと診断を受けた人と診断医師の名前が同じ『夏芽正美』となっている。

「にゃん」

いつの間に移動したのか、奥のソファの上でワトソンが『正解』とでも言うように鳴いた。

「……それが問題ありますか？」

「あります」

先ほど調べた検索結果に目をやると、隣の伊吹さんはすでに読んだのかがっくりと肩を落としている。

「健康保険法によると、医師は自分で自分に診断を下したり、自己診療をしたりしてはいけないことになっています」

プリントアウトした医師法についての記事を夏芽さんの前に置いた。

「それは保険を使う場合のことです。自費で支払っていますし、問題はありません」

まっすぐに見つめてくる夏芽さんの瞳が不安げに揺れている。

「いいえ。余命銀行での審査においては問題がございます。そうですすよね？」

隣を見ると伊吹さんはうつむいたまま一度首を縦に振った。

「つまり、この診断書は無効だということです」

改めて告げると、夏芽さんはゆっくりかぶりを振った。

「そうですか……」

「夏芽様は元恋人である冬野正樹様に余命を預けたいとおっしゃいました。余命が残りわずかな冬野様に少しでも家族と過ごせる時間を分けてあげたい、と。でも、それはウソですね？」

夏芽さんは用紙を見ることもなくほほ笑んだ。

「うまくいかないものですね」

「夏芽様……」

「申し訳ありませんでした。契約はなかったことにさせてください」

深々と頭をさげる夏芽さん。さっさと席を立った伊吹さんは開かずの扉の奥に消えた。

契約自体が無効になるから、本来ならここで終わるべきだろう。それでも、診断書に記されている『所見なし』の文字がどうしても気になる。

「良かったらなにがあったのか教えてもらえませんか？」

「いえ、もういいんです」

席を立とうとする夏芽さんに、「ダメです」と思わず口にしていた。

「あ、ダメというか……私が個人的に知りたいんです」

「……………」

「人には誰かに言いたくても言えない事情があると思います。私もそうでした。誰かに話しても解決しないなら言いたくないって思っていました」

沈黙を守りながらも夏芽さんは椅子に腰をおろしてくれた。

「でも、勇気を出して話してみたんです」

「話をしたらどうなったんですか？」

夏芽さんの問いに頭に浮かんだのは、朋子さんと歌住実の顔だった。

「やっぱり解決はしませんでした。でも、気持ちは格段に軽くなりました。夏芽さんがそうなるという保障はありませんが、悩みを一緒に抱えたいんです」

しばらくじっと私の目を見つめたあと、夏芽さんは「ふ」とほほ笑んだ。

「あなたは変わった人ね」

そう言うと、夏芽さんは目を伏せた。

「……正樹とは、大学時代からつき合っていました。ふたりで医者になろうという夢を追い続けました。けれど、彼は医者にはならなかった。医者の道をあきらめ、かねてより興味があったという文房具のメーカーに就職したんです。その時点で、私たちは見ている方向が違ったのでしょうね」

懐かしむような口調で話す夏芽さんが、手元の診断書を握りしめた。

「私が研修医として勤務している間、彼は会社で知り合った女性と結ばれました。そんなこと全然気づかず、なんとか時間を見つけては会いにいって……今思えばバカみたい」

この間聞いた話とは全然違う。あんなに幸せそうに語っていた恋物語はウソだったんだ……。

「ある日彼から言われました。『好きな女性ができた』って。あとから彼の友達に聞いて、ずっと浮気されていたことも知りました。信じられませんでした。挙句の果てに結婚、今度は出産。どうかしてますよ」

まだ言い足りないのだろう、夏芽さんは「それに」と続けた。

「『僕は最初から文具関係の仕事に就きたかった』『医師を辞めると言ったときに、君に人格否定された』『君は自分のことに精一杯で僕のことを見てくれなかった』なんて言うんですよ。あとだしじゃんけんもいいところじゃないですか！」

　どんどん語気が荒くなっている。自分でも気づいたのだろう、夏芽さんは大きく息を吐いた。

「……体調が悪いんです」

「………」

「医者だからわかります。これは、検査したら命に関わる病気かもしれないって。そのときに私がなにを考えたと思います？」

　自嘲するような笑みで尋ねる夏芽さんになにも答えられなかった。

「どうして私だけが!?　ですよ。正樹が私を裏切ったから、捨てたからこんなことになったんです」

　はっきりと口にする夏芽さんの言葉にゾクゾクとした悪寒が走る。足元から這いあがったそれは、私から言葉を奪うかのよう。

「だから彼に余命を移そうと思いました」

　そう言うと、夏芽さんは診断書をふたつに引き裂いた。

「移管した余命には本人の病気も引き継がれるとウワサで聞きました。だから、彼に私の病気を移してやろうと……。それで診断書を作ったあと、親の反対も聞かずに医師を辞めました。どのみち診断書を偽造したことで医師法に引っかかりますし、バレたら続けることなんてできませから」

もう一度破かれた診断書はバラバラになり紙吹雪のようにヒラヒラと宙を泳ぎ、落ちていく。

「今回は申し訳ありませんでした。私、どうかしていたんです」

頭をさげる夏芽さんに、「あほか」と伊吹さんの声が飛んできた。一体いつこちらに戻ってきたのだろう。

「あんたはまったくわかってない」

椅子にもたれ長い足を組むと、伊吹さんは夏芽さんを『あんた』呼ばわりした。

「いいか。復讐をするならもっといい方法があるだろう。だいたい診断書を親の名前にしておけば、新人のこいつなら気づかなかっただろうに」

今度は私を『こいつ』呼ばわりしてくる。さすがにムッとしたが、夏芽さんがおかしそうに笑うから口を閉じた。

「さすがに親を巻き込むわけにはいきませんから。それに、今はこんなことをしようとした自分に驚いています。いいえ、後悔しています」

静かな口調は、はじめて聞く彼女の本音だと思った。

「いいか」と、伊吹さんが私の隣に立った。

「浮気は絶対に許されることじゃない。あんたが必死で研修医として働いていた期間、彼氏は浮気をしていた。そんなヤツ、復讐しなくたって天罰が下るに決まってる」

珍しく真剣な口調に、私だけじゃなく夏芽さんも呆けた顔で聞き入っている。

「あんたが本当に許せないのは自分自身だ。彼氏が文房具に興味があることを知ろうともしなかったこと、医師を目指すのを止めたときに投げかけた言葉、自分のことばかりに気を取られていたこともだ。復讐をするなら自分にしろ」

「はい」

深くうなずく夏芽さんの顔に、伊吹さんは思いっきり顔を近づけた。

「あんた、自分の病気を疑って以来、なんの検査もしてないだろ？」

「復讐を決めてからは、一度も……。だって、そこで病気が発覚したら診断書を書けなくなりそうで」

「つまりウソの診断書じゃないことにしたかった。医者らしい考えだ」

褒めているのかけなしているのかわからないことを言ったあと、伊吹さんは両腕を組んだ。

「いいか、あんたは余命宣告されるような病気ではない」

「えっ……！」

夏芽さんよりも早く私のほうが声をあげてしまった。最初から夏芽さんの勘違いだったということ？

まさかの展開に驚きを隠せずに伊吹さんを見ると、澄ました顔で見返してくる。

きっと開かずの扉の向こうですでに調査済みということだろう。

いぶかしげな顔をしている夏芽さんに「あの」と声をかけた。

「支店長がそう言うなら、深刻な病気ではなさそうです」

「本当ですか？　だって私の余命は……」

かすれた声の夏芽さんが、自分のお腹のあたりを触っている。

余命銀行の仕組みはわからないままだけど、こういうときに伊吹さんがウソをつかないことはわかるようになった。

「一度きちんと検査を受けてください。診断書はもうありませんし、それに私は……医師に戻ってほしいと思っています」

「でも……」

「この後悔をムダにしないためにも、医師に戻り、たくさんの命を救ってほしいです」

もうこれ以上、元カレへの復讐なんてしないでほしい。

「大丈夫です。人生は何度でもやり直せるんですから」

そう言うと、夏芽さんはうれしそうにはにかんだ。はじめて見る、夏芽さんの本当の笑顔だった。


「あーあ」

戻ってくるなり伊吹さんは聞こえよがしにため息をついた。

「せっかくの大口案件が、誰かさんの鋭い観察のおかげでパーだ」

ドサドサと袋からデスクに広げたのは、駄菓子の数々。どうやらやけ食いをするらしい。

「お言葉ですが、偽の診断書を見抜けなかったほうがマズいと思いますが」

「そういう正論は求めてない」

身を投げるように椅子に座ると伊吹さんはうまい棒を食べだした。

「まあ……たしかに花菜が気づいたのはファインプレーかもしれんな」

珍しく褒める伊吹さんに顔をしかめてしまう。

「んだよ。俺だってこう見えて猛反省中なんだからな。まさか医者で、診断書を自分で書くなんてなあ」

「方法は間違ってましたが、本当に彼のことが好きだったんでしょうね」

反論されるかと思ったけれど、伊吹さんはムッとした顔で黙り込んでしまった。ボリボリとうまい棒をかじる音だけが響いている。

「結局俺たちは恋とか愛に振り回されてるんだろうなあ」

「え？」

「見てればわかる。花菜だって最近、誰かに恋してるだろ。目に見えない感情に、どうして心がひきつけられたり感情が揺さぶられたりするのか」

まるで自分自身に向けて言っているような言葉だった。

「伊吹さんも恋をしているんですか？」

ピクッと片眉をあげた伊吹さんがにらんできた。

余計な質問だったか、と思った矢先に「ああ」と静かに伊吹さんは認めた。

「ずっと恋をしてる。どんなに時間が過ぎようと、そんなもんは解決してくれなかった。

それくらい好きなんだよ」

「……片想いなんですか？」

「ちゃんとした恋人だ。が、片想いと似たようなもんかもな。もう二度と会えないという
意味じゃあな」

さみしげに言ったあと、伊吹さんは「わー！」と叫んで立ちあがった。

「余計な質問をするな。自分で自分が気持ち悪くなった」

そう言い捨てて開かずの扉の向こうへと逃げていってしまった。

伊吹さんの恋人は、ひょっとしたら亡くなっているのかもしれない。なぜか直感的にわ
かった。

はじめて知る事実が衝撃すぎて理解が追いついていかない。

ワトソンに目をやると、さっきと同じ位置でゆっくりとまばたきをしている。

フロアに回り、散らばった診断書を集めながら思った。

夏芽さん、そして伊吹さんの恋が、ちゃんと終わりを迎えられますように。

第六章

君が最期のとき

今年はじめてのセミの鳴き声が聞こえる。

今日は朝から日差しが強い。宮崎さんは今日のデート先も、いつものカフェを選んだ。大通りに面しているが、目の前に専用の庭がありプライベートスペースが確保されている。けれど、結婚を前提につき合いはじめて一カ月が過ぎ、少しずつ彼との距離も近づいている。けれど、屋根つきの喫茶店のほうがうれしいことを提案できないくらいの距離感ではある。

いや、ここは勇気を出して言ってみようか……。

隣で宮崎さんは、さっきから友人の結婚式に参列した話をしている。

「でさ、周りはカップルだらけで僕はシングル席へ振り分けられちゃってね。言わば『お見合い席』っていうやつ。もちろん僕には花菜さんがいるから、誰とも連絡先は交換しなかったけど」

胸を張る宮崎さんに笑ってしまい、そんなことに幸福を感じる。場所移動はあきらめて、あとで日焼け止めを塗りなおそう。

アイスコーヒーを飲んだ宮崎さんが、しまったというふうに顔をしかめた。

「また僕ばっかりしゃべってる」

「全然いいよ。宮崎さんの話、おもしろいから」

「ダメダメ。お互いのことをちゃんと知りたいんだ」

指をチッチッと横に振ったあと、お座りをする犬みたいにじっと見てくる。

「えっと」と今週の出来事を頭に浮かべた。

「珍しく仕事が忙しかったかな。水曜日なんて、はじめて残業したくらい」

「銀行を取りまとめるオフィスだったっけ？　普段は残業がないように管理されているんだね」

　曖昧にうなずいておく。余命銀行で働いていることは言えないので、余計なことは言わないようにしなきゃ。

　私の心配をよそに、宮崎さんはテーブルに両肘を置き、庭を走り回っている子供を見た。

「子供っていいよね。僕、大好きなんだ」

「あ……私も好き」

　ゆっくりと私に視線をくれた宮崎さんの目がやさしくカーブを描く。

「今度会ってもらいたい人がいてね。つぐみっていう名前の妹なんだけど」

「妹さん？」

　家族の話を聞くのははじめてのことだった。

　宮崎さんがスマホで写真を見せてくれた。高校生くらいだろうか、儚げな印象のかわいらしい女子が制服姿でほほ笑んでいる。

「年の離れた妹だからかわいくってさ。周りからはシスコンだって言われるけどね。まあ、本人は僕の気持ちなんて知らずに絶賛反抗期中だけど」

「その年頃ってそうだったかも」

　私なんて最近やっと反抗期が終わったようなものだし。

「うちは母親がいないから、男ばっかりでね。花菜さんとなら話も合うと思うんだ」

「私の家はずっと父親がいなかったんだけど、三年前に再婚したの」

「そうなんだね。会えるのが楽しみだな」

その笑顔に胸が高鳴った。

宮崎さんはいつだって楽しそうに笑う。これまでは相手を知ることに躊躇してきた。知れば知るほど相手の良いところだけじゃなく嫌な部分も見えてしまうし、今までの経験では勝手に期待して落ち込むことも多かったから。

でも……こうして少しずつ理解していくのもいいかもしれない。

いたるところで鳴いているセミの声さえも、不思議とやさしく耳に届いている。

「結婚したら、たくさん子供がほしいな」

「……うん」

彼はよく未来の話をする。恋愛経験の少ない私にはわからないけれど、出会ってそんなに経っていなくても結婚願望が強い人はそういうものなのかもしれない。

「どうかした?」

首をかしげる宮崎さんに「ううん」と首を横に振る。

たまに思う。私は宮崎さんのことが本当に好きなのだろうか。

具合が悪いときに助けてくれたから好きになっただけなのでは?　自分に問いかけることすら怖くてできずにいる。

人を好きになるってどういうことだろう。判定士みたいな人がいて『それは恋です』と判定してくれたなら、もっと自信を持つことができるのに。

いつか余命銀行で働いていることを伝えられたらいいな。いや、それよりも先に自分の病気について告白することからだ。未来の話まで出ているのだから急いだほうがいい。

「あの宮崎さん……」

口を開くと同時に「そういえば」と、宮崎さんはなにか思い出したように言った。

「余命銀行のことなんだけどね――」

ドキッと胸が跳ねた。

「ああ……前に言ってたよね」

動揺を悟られぬよう軽い口調を意識する。

「余命銀行でお互いの余命を贈り合うのって最高の愛情表現だと思うんだよ。って、これも前に言ったたか」

照れたように笑ったあと、宮崎さんは真面目な顔になった。

「ウワサでは、一年以内の余命をプレゼントするなら、その相手に会えなくなることはないんだって」

ちゃんと知っていたのか。

なんて答えていいのかわからず、感心したように目を丸くしてみせた。

どうして彼はこんなに余命を贈り合うことにこだわるのだろう。私には贈るだけの命はないのに。

「ああ、いつか余命銀行を見つけたいなあ」

キラキラした目でそんなことを言う宮崎さんは、まるで少年みたい。

病気のことを話そうという気持ちは、風船がしぼむように小さくなっていた。


「なんか浮かれてるな」

今日の伊吹さんのランチは〝グッピーラムネ〟。毎回駄菓子しか食べていないけれど、朝晩の食事はどうしているのだろう。まさか、三食駄菓子ってことはないと思いたい。

「浮かれてなんていません」

パソコン画面とにらめっこしながら答える。

「俺の目はごまかせない。この一カ月はやけに機嫌がいい」

「ずっと同じですよ」

「声のトーンが明るいんだよな。だが、今日はいつもより思案している。ケンカか？」

「気のせいです」

伊吹さんともこんな会話ができるようになったんだな、と改めて思った。入社したときは人生最悪だったのに、今じゃこんなに元気で充実している。

「でも、元気になれたのは伊吹さんのおかげです」

素直な感謝の気持ちを伝える。相手を知るには自分の気持ちを正直に言葉にすることが大切。頭をさげる私に、伊吹さんは「げ」とヘンな声をあげた。

「素直だと気持ちが悪い」

「はいはい」

プリントアウトされた書類を確認することにした。

最近訪れた久しぶりの客は、契約寸前のところで考え直したらしくキャンセルとなった。いわばこれは、事後処理だ。

当初は戸惑っていた余命を預けるという非現実なことも、最近では慣れてきた。あいかわらずその後の契約は取れないままだけれど。

「支店長、そんな野暮な話をしていると嫌われますよ」

歯磨きを終えた朋子さんが、隣の席に座った。

「なんたって花菜ちゃんは今、彼氏ができて絶頂期なんですから。もうプロポーズっぽいことも言われたんですって」

「ちょっと、朋子さん」

「いいじゃない。ハッピーな話はみんなで共有しなくちゃ。私は息子を花菜ちゃんに紹介したかったんだけどね」

残念がる朋子さんからそっと伊吹さんに視線を移すと、黒メガネに手をかけて珍しい動物でも見るように観察してくる。

「出会ってからそんなに経ってないだろ？　早すぎないか？」

「そ、それはそうですけど……こういうのって長くつき合ったからいい、ってわけじゃないでしょう」

「そうよ、支店長は現役から遠ざかってるからわからないんですよ」

加勢してくれる朋子さんと「ねー」と笑い合う。

「彼、余命銀行に興味があって、余命を贈り合いたいって言うんですよ」

言ったとたん、ふたりが固まった。しんとする事務所に、

「にゃあ」

ワトソンの鳴き声がした。客用の席から目を細めてこっちを見つめている。

あれ……まずいことを言ったのかな。

「あ、そうじゃなくて……。もちろん、一年以内の余命を贈り合うんですよ」

追加情報を開示しても伊吹さんは苦い顔をしているし、朋子さんまで困った顔になっている。

「えっと……」

「もういい」と、伊吹さんが立ちあがりゴミ箱にラムネの包み紙を捨てた。

「花菜、それはおそらく『余命詐欺』だ」

「詐欺？　ち、違います！」

いくらここにいないからって、言っていいことと悪いことがある。猛然と抗議するが朋

子さんも同調してうなずいている。

「花菜ちゃんの彼氏さんのことは知らないからなんとも言えないけれど、余命詐欺はここのところ増えているの」

「……どういうことですか？」

　はじめて聞く言葉に、なぜか胸がざわついている。

「お互いに余命を贈り合うって約束をして、ここにふたりでやって来るの。で、契約書を書くじゃない？　最終の個人面談でひとりずつと会うわよね。最後の最後で自分だけ契約を破棄するの。もちろん相手には知らせずにね」

「え……」

「余命銀行には守秘義務があるから、そのことは言えない。相手の余命の契約が完了すれば去る。これで自分だけ余命を手に入れられるってわけ」

　スラスラと説明しながら、朋子さんは自分のデスクトップパソコンを操作し、なにかプリントアウトした。

　渡された用紙には『余命詐欺に注意』という見出しと、当てはまる相手の特徴が書かれている。

①人当たりが良く朗らかな印象
②会って間もないのに婚約や結婚の話をする

③お互いに余命を贈り合うことを強調してくる
④人目につきにくい場所でばかり会おうとする
⑤余命銀行を見つけるのが夢だと話す

頭のなかで警告音が鳴っている。書いてあることが当てはまりすぎていて怖いほど。

「ねえ、花菜ちゃん。良かったら調べようか？　これまで余命詐欺を働いた人のデータは未遂も含めて残っているから」

朋子さんの声が耳を素通りする。調べてもらえばわかるかもしれない。けれどその行為自体、宮崎さんを疑っている証明にもなりそうで。

「大丈夫です。いざとなればお願いするかもしれませんが、今は彼を信じます」

地面がぐらつく。まるでやわらかいスポンジケーキの上に乗っているみたい。確固たる理由もないのに、宮崎さんを疑いたくない自分がいる。

これが恋なのかと聞かれると困るけれど、こんな自分を好きになってくれた彼を疑いたくない。

「たしかにそうよねぇ。余命銀行のスタッフに詐欺を働こうなんて思うわけがないし。ね、支店長？」

「はがはんぞ」

ぎくりとした。歯磨きをしている伊吹さんがなんと言ったかはわからなかったけれど、私は彼に余命銀行で働いているとは伝えていない。

でも、やっと見つけた恋なんだから。

「そういえば病気のこと、ちゃんとご家族に話できたの？」

「先週実家に寄ったときにやっと話をしました」

「それで、どうだった？」

グイと顔を近づける朋子さんは、心配しているというより興味津々の様子。

「それが、もう大騒ぎになりまして……。とくに母の再婚相手のほうが大変でした」

検査結果の数値を見て最近の安定した様子に安心した母親とは対照的に、良人さんの心配する様子は異様なほどだった。ネットを駆使し、病名を調べて悲観したりよろこんだり。翌日には私の主治医のところに押しかけて、本当に数値が改善されているのかを確認しに行ったそうだ。もちろん、本人でないのでなにも聞けず追い返されたそうだけれど。

朋子さんが「ふふ」と声にして笑った。

「なんだか花菜ちゃん、うれしそう」

言われて気づいた。病気の話をしているのににやけている。

「不思議なんですけど、家族と距離が近づいたっていうか……。ふたりから毎日のように電話やＬＩＮＥが来るんですよ」

さっきも母親から『次の受診は三人で行くから』という決定事項がメールで送られてきていた。

余命銀行で働くことで余命をもらおうという考えは、もうない。それよりも友達や家族の大切さを教えてもらったという感謝でいっぱいだ。

「家族っていいものよね」

ぽつりと言う朋子さんに「はい」と答えた。

朋子さんはシングルマザーで、ひとり息子がいる。一方、伊吹さんは……。

さりげなくうしろを見ると、伊吹さんはなにやら書類を眺めて難しい顔をしていた。

以前、伊吹さんは『恋をしてる』と言っていた。そして『もう二度と会えない』とも。

きっと亡くなってしまったと理解したけれど、その彼女のことを今でも好きなんだろうな……。私もそれくらい宮崎さんのことを想えるのだろうか。

「にゃっ」

これまで聞いたことのない声でワトソンが入り口に向かって鋭く鳴いた。伊吹さんと朋子さんが同時に立ちあがったかと思うと、ふたりは場所を入れ替わった。

ドスンと音を立てて隣に座った伊吹さんは、じっと自動ドアのほうを見ている。

「今の鳴き声はワトソンの警告だ」

「え？　虫の知らせみたいな感じですか？」

「ヤバいのが来る。気合を入れておけ」

自動ドアの開く音とともにひとりの男性が転がり込んできた。

「え……」

思わず声を出したのは、その男性の恰好のせい。チェックのシャツはところどころ破れていて、なかに着ている白いＴシャツには土と……あれは血？

「こちらへ」

冷静に右手を挙げた伊吹さんの下へ、男性は何度も転びそうになりながら駆けてきた。

「あの、あの……！　ここは余命銀行ですよね？」

私と同年代くらいに見える男性の顔は蒼白で、額や頬にすりむいた傷があった。ジーパンの膝部分が真っ赤に染まっている。

「いかにも。余命をお預けですか？」

冷静に尋ねる伊吹さんに、男性は金魚が酸素を吸うようにパクパクと口を動かした。

「……ください」

ようやく声になった言葉はあまりにも弱々しく、男性はカウンターに両手を置き荒く呼吸をした。

「どうか……どうか俺の命を彼女に分けてください。今すぐ、今すぐに！」

悲痛な絶叫がフロアに響き渡るなか、伊吹さんはタブレットを差し出した。

「座ってください。じゃないと話も聞けない」

「そんなこと言ってる場合じゃないんです！　お願いします。すぐに彼女に……！」

ボロボロと涙を流す男性のシャツにガラスの破片が光っている。いつの間にフロアに出たのか、朋子さんがカウンターの上にお茶を置いた。

「お茶でも飲んで落ち着いてください」

　その声に男性はゆるゆると顔をあげ、やがて力なく椅子に座った。

「身分証明書を」と手のひらを出す伊吹さんに、男性は汚れたジーパンのうしろポケットから財布を取り出し、免許証を出した。まるで催眠術にでもかかっているような緩慢な動きに思えた。

「花菜、入力して」

「はい」

　渡された免許証には『大重拓海』と記されてある。年齢は……私と同い年だ。

　湯呑を一気にあおった大重さんがお茶の熱さにむせた。免許証のスキャンを終え伊吹さんに渡すころには、少し落ち着きを取り戻した様子だった。

「で」と、伊吹さんが両腕を組んだ。

「誰に、なぜ、どのくらい。この三つについて説明してもらおうか」

　接客業とは思えない偉そうな態度。最近の伊吹さんはますます俺様になった気がする。

「文香……熊切文香を助けてください。事故に……遭ったんです」

　絞り出すように話す大重さんの頬には涙か汗かわからない雫が伝っている。

「お前が起こした事故なのか？」

「ち、違います！　ふたりで歩いているところへ車が……」

「怪しいもんだ。前にもそうやって余命詐欺を働こうとしたやつがいたからな」

チラッと私のほうを見てくるので睨み返してやった。そんな冗談を言っている場合じゃないのに。

「そんな……違います」

ブルブルと震えながら大重さんは否定した。

「余命を手に入れようとするやつは、こっちが思ってもいないシナリオを組んでくるからな。この間来たヤツも——」

これでは話が進まない。オロオロする男性が一刻を争っている様子は演技ではないだろう。

向こうにいるワトソンがこっちをじっと見つめていることに気づいた。チラッと伊吹さんを見てから視線を戻すと、まるで『そうだ』とでも言いたそうにワトソンがゆっくりとまばたきをした。

「伊吹さん、代わります」

そう言うと、

「は？」

伊吹さんは不機嫌そうにうなった。

「一刻を争う事態かもしれません。私が担当します」

「お前——」

「失礼いたします」

にらむ伊吹さんを無視し、強引に席を代わってもらった。

おそらく大重さんがタブレットに入力するのは不可能だろう。キーボードに手を置き、

「大重さん」と声をかけた。

「担当の生内花菜と申します。よろしくお願いいたします」

「あ、はい……」

うなずく大重さんを観察する。短めの髪にもガラス片がついていて、事故がついさっき
起きたばかりだとわかる。

「お相手のお名前の漢字はこちらで合っていますか？」

打ち込んだ名前をタブレットに表示させると、大重さんはカクカクとうなずいた。

「それでは生年月日と住所を教えてください」

「生年月日……。ああ、えっと、四月……。ダメだ、どうしよう。どうすれば……」

混乱している大重さんをなんとか落ち着かせ、入力を進めた。事務的な質問をするたび
に大重さんが落ち着きを取り戻していくのがわかった。

「今日はふたりとも仕事の遅番だったんです。待ち合わせをしてふたりで駅まで歩いてい
るときに、急になにかが爆発したような音がして――。気づいたら目の前に車があって、
めちゃくちゃな痛みが……」

思い出しているのだろう、視線を左右に散らしたあと大重さんはギュッと目をつむった。

「目が覚めたら病院で、看護師さんが俺の名前を呼んでいて。周りを見ても文香がいなく

て……」

「はい」

「俺、文香が心配で捜し回ってたら、文香の母親がいたんです。おばさんめっちゃ泣いてて、なんでだろうって――」

ああ、と声を震わす大重さんが、目に涙をいっぱいためて私を見た。

「脳死の判定をされたって。今は呼吸器につないでいるけど、いつまでもつかわからないって。そんなのおかしいですよね。さっきまで一緒にいたのに、笑いながら話していたのに……こんなのおかしいよ！」

思わず涙が込みあげてきそうになるけれど、今は泣いている場合じゃない。キーボードを打つ手を止めずに状況を入力していく。

「それでどうされたのですか？」

「あ、えっと……。気づいたら病院を飛び出してました。余命銀行の話はよく彼女にしていたんです。文香は信じてくれなかったけれど、俺は絶対にあると信じて、信じて……」

うめくように泣く大重さん。熊切さんを助けるために必死で探してたどり着いたのだろう。

「口座の開設には健康診断書が必要になります」

「知っています。これ、これ……を」

ジーンズの前ポケットからくしゃくしゃになった数枚の用紙を取り出し渡してきた。

「会社の健康診断があったんです。オプションで人間ドックもつけてもらったんです。今、家に戻って、取りにいって……きて……」

うしろで控えている伊吹さんに渡すと、一瞥したあとうなずいた。ひとまず申請を出すことはできそうだ。

「緊急の場合は八日間の待機期間は免除されるんですよね？」

たしかそういう前例があった。

「ああ」

どこか気のない返事に振り向くと、伊吹さんは腰をあげ、開かずの扉へと向かっていった。

どうしたんだろう、と気になるが、今は契約を急ぐことに集中しなければ。

「熊切文香さんに余命をどれくらいお預けになりますか？」

「ぜんぶ、ぜんぶです！」

「大重さん、ぜんぶ渡してしまったら、あなたが死んでしまいますよ。それに、余命をあげたら熊切さんに一度しか会えなくなるんですよ？」

正確には一日だけ余命が残されるが、そこは省略する。

「あ……そうでした。じゃあ……どうすれば。文香のそばにいたい。それにはどうすれば……」

「十一カ月分の余命を預けてはいかがでしょうか。それでしたら会えなくなることはありません」

　けれど、大重さんは大粒の涙をこぼしながら首を横に振った。

「それって、十一カ月後には同じ状態に戻るだけじゃないですか。それじゃあ意味がないんです。俺たち、来月結婚式を挙げる予定で、これから幸せに――」

　うめくような小声なのに、今にも叫び出しそうな怒りを感じる。

「それでは定期で余命を預けるのはいかがでしょうか」

「定期……？」

「一年未満……つまり、三百六十四日間の余命を預けていただければ、熊切さんに会えなくなることはありません。最後の一日だけ、熊切さんの体調は今の状態になってしまいますが」

　この説明で彼に納得してもらえるかわからない。私のデスクについた朋子さんに目をやり確認を取るが、なぜか浮かない顔をしている。

「朋子さん、どうでしょうか？」

　やっと私に気づくと、少し慌てた様子で転送した見積書に目をやった。

「……そうね。この場合なら定期がベストだと思うわ」

　やっと安堵の表情になった大重さんに、改めて定期余命の説明をする。

「伊吹さん、今の時間を個人面談ということにしても良いですか？」

　ちょうど戻ってきた伊吹さんに言うと、両腕を組み考えるポーズでフリーズしていた。

「伊吹さん？」

もう一度声をかけると、「ああ」と短く答える。

「個人面談までは完了したということでいい」

「はい」

「念のために花菜、一緒に病院へ行ってくれ。彼女さんの状況がこいつの言っているとおりならタブレットで口座開設の完了ボタンを押せばいい。こっちでも確認してるから」

事務的なことを言っているのに、どこか力のない声に聞こえた。朋子さんもいつもと雰囲気が違う。

ワトソンに目をやると、タブレットに入力をする大重さんをじっと見つめているだけ。その瞳はどこか悲しげに見えた。


ガラス越しに見える熊切さんは、どこもケガなんてしていないように見えた。病院の青いガウンを身に着け、ベッドの上で眠っているみたい。長い栗色の髪と、薄いメイクがよく似合っている。

違うのは、彼女が機械によって生命を維持させられているところだけ。顔を覆うマスクはベッドの横にある機械につながれ、画面には血圧や脈拍が表示されている。

「文香、文香！」

　ガラスに手を当て大重さんは彼女の名を呼ぶ。意識がないのに、何度も何度も。病院を抜け出したことを看護師さんに注意されてもまるで耳に届かないようで、彼は必死で熊切さんの無事を願っている。

　もしも私が同じ立場になったとき、宮崎さんはどうするのだろう。大重さんのように泣きながら声をかけてくれるのかな……。

　こんな想像をしている場合じゃない。手元のタブレットの画面を表示させた。

「大重さん」

　声をかけると、大重さんは一瞬私を見たけれど、すぐに熊切さんに視線を戻した。

「俺……彼女と出会った日に決めたんです。絶対に幸せにするって。余命を定期で預ければ、少なくとも同じくらいは生きられることになるんですよね？」

　毎年移管し続ければ、理論上はそうなるだろう。

「酷なことを申しあげますが、余命を定期にして、ギリギリの三百六十四日を預けたとしても、三百六十五日目だけは今の状態に戻ります。その日にお亡くなりになる可能性は否定できません。また、熊切さんは人工呼吸器を装着されています。もし先に大重さんの余命が尽きた場合、ひとりきりで寿命が来るまで寝たきりになることもあります」

「……はい」

「あと、大重さんの寿命はわからないので、大重さんがもし途中で寿命を迎えたら、その更新の時点で大重さんは寿命一日となり、突然死する可能性もございます」

私の言葉をかみしめるようにボソボソと繰り返すと、大重さんは深くうなずいた。

「それでも俺は彼女と生きていたい。こんなふうに別れることを文香だって望んでいなかったはず。だからどうか、俺の余命を預けさせてほしい」

もう大重さんの瞳に涙は浮かんでおらず、強い意志が感じられた。

もしも私が熊切さんの立場なら、愛する人の命をもらいたいと思うのかな。そうすることで相手の余命を削ることになっても一緒に生きていたいだろうか……。

少しでも同じ時間を過ごしたい、というのは見方を変えれば大重さんのエゴのようにも思えてしまう。

「花菜」

タブレットから伊吹さんの声が聞こえた。オンラインで様子を見ていたのだろう、はしっこのワイプ画面に伊吹さんがいる。

「熊切文香を映してくれ」

「はい。熊切さん、失礼します」

タブレットについているカメラを病室へ向ける。

「よし、OK。画面を戻していいぞ」

「伊吹さん、聞いてもいいですか?」

「ああ」

「余命をあげることは相手に言っても言わなくてもいいことになっていますよね。前から気になっていたんですけど、受け取る側が望んでない場合もあると思うんです。もし熊切さんが望んでいなかったとしても、強制的に移管させられるのですか？」

通常なら、命を一方的にもらえるなんてこんなにうれしいことはない。けれど、相手を想うなら『受け取らない』というもらう側の選択肢もあっていいように思える。

「今回のケースは受け取る側は、自分が余命をもらったことにも気づかないからな」

教えられるのは余命を預けた人のみ。それも、一年以上の余命の預け入れなら教えるチャンスは一度しかない。

「そこが余命銀行の難しいところなんだよな」

てっきりいつものように冷たく対応されると思ったけれど、画面の伊吹さんが同調するようにため息をついている。

「ただ、前におっさん……誰だっけ？」

おそらく南山さんのことだろうとわかったが、大重さんの前で言っていいものかわからない。

「その人のことは覚えています」

「あいつの奥さんは、余命の受け取りを拒否してたが、なんとか一週間の移管を受け入れてくれたよな」

そうだった、と思い出す。加奈子さんは一週間だけ余命を延長して空にのぼっていったんだ。

「でも、それは彼女が一度余命を与えられた際に気づいたからですよね？　一般的には都市伝説だと思われているし、予め受け取るかどうかなんて申告できません」

「花菜」

伊吹さんの声にハッとする。

「ここで長く働くなら、いつかは自分なりの答えが見つかるはず。だから、今は契約者が望むようにしてやれ」

契約者……そう、今は大重さんの希望をかなえなくては。

「わかりました。大重さん、よろしいですか？」

私は伊吹さんとの通話を切り、大重さんと向き合った。

「よろしくお願いします」

タブレットに契約の最終確認画面を呼び出す。

「こちらを押せば、余命の定期口座が開かれ――」

説明途中で大重さんが中央に表示されたボタンを押してしまったので、これで契約が完了したことになる。

大重さんの余命の一部が今、熊切さんに移管された。

――バン！

突然のすごい音に顔をあげると大重さんがガラスに手を強く当てていた。信じられないといったように見開く目。その視線の先にいる熊切さんが、目を開いている。

まばたきをしたあとゆっくり視線をさまよわせはじめるのを私は不思議な気持ちで見ていた。

「文香、文香っ！」

大重さんの声に気づいた熊切さんが、うれしそうに目を細めるのを見た。息をするのも忘れ、私はただその光景を見ていることしかできない。

熊切さんは、自分の口に人工呼吸器が挿入されていることに気づいたらしく苦しそうに咳き込みはじめた。

「看護師さん！」

慌てて飛び出していく大重さん。熊切さんは右手でナースコールを探し出し、ボタンを押した。

自分が生きていることを伝えるために強く、強く。

いつもの居酒屋『とびまる』は今日も空いていた。平日の夕刻、営業時間がはじまるのと同時に飛び込んだ私は、駆けつけるなり二杯ビールを呷った。

遅れて到着した歌住実は、私が飲んでいるのを見て目を丸くしていたっけ。

「花菜が飲むってことは、相当なトラブルがあったってことだ」

たしかそんなことを言った気がする。

店長にお代わりを頼んだのに、なぜかウーロン茶が二杯カウンターに置かれた。

「ちょっと、これ違うけど」

「私が注文を変えてもらったの。いくらなんでも飲みすぎだって」

たしなめる歌住実をじとーっとにらむ。いつも自分ばっかり飲んでいるくせに……。

「で、保険の調査に行ったら熊切って女性が目を覚ましてたんだよね？　それからどうなったの？」

「あー、えっと……」

酔いに任せて歌住実に愚痴っていたことを思い出す。余命銀行のことは言えないから、銀行が扱っている保険の調査に駆り出されたことにしていたんだった。

ウーロン茶にしてもらって良かった。これ以上酔ってしまうと、本当のことを話してしまいそう。

「熊切さんね……文字どおり長い眠りから覚めたみたいにスッキリしてた。すごくキレイな人でね、長い髪がサラサラしててさあ」

「はいはい。それはさっきも聞いたって」

揚げ出し豆腐を食べながら、歌住実は店長である守さんと目で会話している。『酔ってるね』『やっぱりね』という感じだろうか。

なによ、イチャイチャして。私だって恋人くらいいるんだから……。

「花菜、さっきから思ったことが言葉になってるよ。イチャイチャしてないし、花菜に恋人がいるのも知ってるって」

「え？」

普段アルコールを飲まないのは、こんなふうになってしまうからだ。いけない、とひとつ深呼吸をして酔いを追い払った。

「それでね、熊切さんが目を覚ましたことに大重さんは歓喜して、大泣きしたの」

「良かったじゃない」

「そこからが問題なの」

ドンとウーロン茶のグラスを置いてから頬を膨らませた。

「それまでは寝たきりで意識不明だったわけ。お医者さんもすごくびっくりしてて、精密検査をすることになったの」

口のなかに苦いものが込みあがってくる。

「でも、気づいたらふたりとも消えていたの」

「消えていた？」

「脱走したみたい。それ以来、ずっと音信不通。大重さんのスマホは電源が切られているし、家に戻った形跡もない。看護師さんが『大重さんが誘拐した説』を言い出したもんだから警察を呼ぶことになってさ……」

あれには参った。余命銀行のことは言えないから、病院の人にも警察にも事情を言えない。

結局、最後はトイレの窓から脱出する羽目になった。今頃、私も容疑者のひとりになっているかもしれない。

「なにそれ。ふたりは不倫の関係だったとか？」

おもしろがるように笑った歌住実が、さすがに不謹慎だと口を引き締めてから、私にポテトフライの載った皿を献上した。

「花菜の上司はなんて？」

「それがさあ、不思議なんだけどふたりとも平然としてるの。電話で報告したときも、事務所に戻ったときもいたって普通。まるでそうなることがわかってた感じだった」

今考えると、伊吹さんと朋子さんの態度は面談の途中からどこかおかしかった。朋子さんは心ここにあらず、という雰囲気だったし、伊吹さんもせっかく契約が取れるというのにうれしそうじゃなかった。

「なんにしても怒られなかったなら良かったじゃん。そのうちひょっこり出てくるよ」

「まあ……ね」

余命を移管した以上、私たちにできることはもうない。それはわかっているけれど、あっさりとふたりがいなくなったことに不満が残る。

「花菜ちゃん、これサービス」

さっき文句を言ったせいか、店長が私の好きなだし巻き玉子の載った皿を渡してくれた。

「ありがとうございます。さっきはすみません」

「いいってことよ。ドンマイドンマイ」

ニカッと笑って奥に引っ込む店長。

だし巻きを箸で割ると、ほわっといい香りが湯気と一緒に生まれた。

「歌住実が店長を好きになった理由がわかる気がする」

「はあ？　私じゃなく向こうが先に好きになったんだからね」

「どっちでもいいじゃん」

口に入れるとホロホロと玉子が口で溶け、だし汁がにじみ出てくる。

「花菜だって幸せでしょ」

「そうなんだけどね……。久しぶりすぎて、好きって感覚がよくわかんないんだよね」

首をかしげれば、なにかがこぼれていくような気がした。好きという気持ちなのか、違和感なのかわからないままため息をつく。

「そのうちわかるし、ダメなら止めればいいだけ。花菜は難しく考えすぎなの」

「だって――」

言い返そうとしたときだった。カウンターに置いたスマホが震えた。宮崎さんからのメッセージを知らせる通知だった。

ＬＩＮＥを開くと【話したいことがあります】と、それだけ。いつもの挨拶も天気の話もなく、こんなに短い文章は宮崎さんらしくないと思った。

「そういえば、まだ彼の写真見せてくれてないじゃん」

「え……？」

歌住実の問いかけに曖昧に答えながら、宮崎さんに返信を打った。

「今度撮ってくるって約束したでしょ」

「してないし。ていうか、まだ一枚も撮ってなくて……」

話しながら思い出す。そういえば、あのカフェで一枚だけ撮ったんだ。スマホを開き、椅子に座りぼんやりしている宮崎さんの写真を見せた。

「ん？」

眉をひそめた歌住実が「ちょっと貸して」と言うや否やスマホを奪い去った。

「んんん？」

「どうしたの？」

指先で写真を大きくしていたかと思うとニカッと満面の笑みを浮かべた。

「なんだ、この人知ってるよ」

「え？」

「花菜だって知ってるじゃん」

「ええ？」

それから歌住実が話してくれた内容は、私の予想もしていなかったことだった。

駅前のベンチに宮崎さんはいた。

スポットライトのような照明の下、私を見つけホッとした表情を浮かべている。

「急にごめんね」

「ううん。ちょうど近くにいたから……」

宮崎さんの隣に座ると、夜だというのにセミの声が聞こえた。

酔いはとっくに醒めているのに、頭がぼんやりしている。

宮崎さんは両手の指を組んで駅ビルのあたりに目をやった。さっきのメッセージと同じく、重い空気に包まれている。

遠くを見つめる横顔は、これまでと同じ。

「どうしても花菜さんに話したいこと――ううん、謝りたいことがあって」

私に向けた表情もいつもと同じ。

あ、そうか……。やさしい笑みを見て今やっとわかった。

宮崎さんは一度だって、私自身を見てくれていなかったんだ。私を通じてほかの誰かを想っている。

無意識にわかっていたから、私もどこかでブレーキをかけていたのかもしれない。

「さっき、歌住実と会っていました。宮崎さんの写真を見せたら、『知ってる』って言っていました」

思い当たることがあるのだろう、宮崎さんは軽くうなずく。

「私は全然覚えていなかったんだけど、あの店で隣に座っていたって」

イケメン好きの歌住実が見間違うはずがない。

「こないだ、隣に座ってたイケメンじゃない。え、すごい偶然だね！」

うれしそうに話していたけれど、そんなおとぎ話が存在しないことを私は知っている。

「宮崎さんは、あの日、『とびまる』で私たちの会話を聞いていた。そうだよね？」

あの夜のことは今でも覚えている。歌住実に自分が余命宣告されていることを伝えた日だから。

「それは……」

「宮崎さんは、私が病気なのを知って……それで近づいたの？」

あきらめたように目を伏せると、宮崎さんは「ごめん」と謝罪を口にした。

「聞こえてきた会話に胸が痛くなって……。だけど、二度目に会ったのは本当に偶然だったんだよ」

町で具合が悪くなり、助けてもらったときのことだ。そう、私にとってはあれが出会いだった。

「居酒屋で会ったとは言えず、黙っていてごめん」

「それだけじゃないよね？」

尋ねる私に、宮崎さんは驚いたように目を開いた。それだけで、これからする質問の答えに自信が持てた。

「偶然居酒屋で出会った私に同情したのは、きっと宮崎さんも同じような境遇にいるから。妹さん……つぐみさんも具合が悪いの？」

「ああ……」

うなだれたまま宮崎さんは静かにうなずいた。

「つぐみは生まれつき心臓が弱くてね」

「だから会わせたいって……」

「持病があるのに笑顔に満ちあふれていた花菜さんに僕はすぐに恋をしてしまったんだ。つぐみに会わせて、元気にしてやりたかった。聞こえはいいけど、結局は君を利用しようとしたんだ。……僕は最低だよ」

不思議だった。歌住実から言われたとき、もっと最悪の想像をしていた。宮崎さんが私のあとをつけ、余命銀行で働いていることを知った。助けるフリで近づき告白をする。そうすれば、妹に余命を分けてもらえるかもしれない……。

そんな計画をしたのかと疑った。

でも、すぐにその考えを打ち消すことができたのは、これまでの宮崎さんのやさしさを知っているから。

余命詐欺じゃなくて良かった。

宮崎さんがゆっくり私を見た。なんて悲しくてさみしい瞳なのだろう。

感情を振り払うように宮崎さんは軽く首を横に振った。

「会うたびにどんどん好きになっていく。でも、最初のきっかけを話せば嫌われてしまうかもしれない。それが怖かった」

　絞り出すように言う宮崎さんに、ふと疑問が生まれた。

「余命を贈り合う、っていうのは……？」

　お互いに十一カ月間ずつ贈り合うことが夢だった、と言っていたはず。

「あれは本心だよ。もしも余命銀行を見つけたら、僕は花菜さんとつぐみに預けたいと今でも思っているんだ。十一カ月ずつなら会えなくなることもないし」

「でも、私は健康診断で引っかかるから分けることはできない。それをわかっていたのに？」

「それでも良かった。してあげられることは全部したい。それくらい花菜さんに恋をしてしまったんだ」

　まるで自分に言い聞かせるように宮崎さんは言った。

　きっと宮崎さんの言う『恋』は一般的なそれとは違う。感情の根底に、私と妹さんが病気であることが共通している。

　ふと、大重さんと熊切さんのことが頭に浮かんだ。

「宮崎さんの命を削ること、つぐみさんは賛成してくれるのかな……」

「いや、きっと反対する。正義感だけはやけに強いから」

　少し穏やかな表情になった宮崎さんのほうに、私は体ごと向く。

「私も同じ気持ち。宮崎さんの余命を削るようなことはしたくない」

これが今の私の正直な気持ちだった。

大好きな人に命をもらったと知ったら、誰だって自分を責めるだろう。私も余命銀行で働きはじめたときは、余命を誰かにもらえたらという邪な考えを持っていた。けれど、今はそうじゃない。

依頼者たちと対峙していくなかで、余命のやり取りをすることは真摯な気持ちが必要だと知った。うまくいかないことばかりだけど、それぞれの想いの強さに感銘を受けたり感動したりしてきた。たとえ契約が成立しなくても彼らの人生が垣間見え、考えさせられることばかりだった。

宮崎さんに余命をもらえる。前の私なら飛びついていただろう。それができないのは……私が宮崎さんのことをほんの少し好きになっていたから。

「宮崎さんが本当に好きな人は、つぐみさんだと思う」

そう言うと宮崎さんはサッと顔を伏せた。

「違う。最初はつぐみのことだけを考えていた。でも、花菜さんのことも……」

語尾は聞き取れないほど小さな声だった。

「同じような境遇の私に妹さんを重ねたの。だから私の命も救いたくなった」

やさしい宮崎さんは、きっと妹さんを助けようと奔走しているうちに、彼女に恋をしてしまった。その瞳に映っているのは、いつも妹さんだったのだ。

やっと違和感の正体がわかった私はどこかスッキリしていた。

妹さんへの気持ちがリアルな恋なのかはわからないけれど、私がこの恋に夢中になれなかったのは無意識にそれを感じ取っていたからかもしれない。

「私には、妹さんに余命を分けることが正しいかはわからない。でも、宮崎さんの気持ちはすごく伝わっていたよ」

涙をこらえながら顔を赤くする宮崎さん。

自分の恋が実らないと知っていながら、命を削ってまで彼女を助けようとした彼を責めることはできない。

「私たち、ここで終わりにしよう」

さよならを告げた私に、宮崎さんは『また連絡する』と言い帰っていった。けれど、私はもう彼に会うことはないだろう。

いつか宮崎さんが余命銀行を見つけたとき、私はどう対応するのか。今は自分でも答えが出せない。

見つけてほしい気持ちと、見つけてほしくない気持ちが交錯している。そんな夜だった。


いつもより早く家を出て職場へ向かう朝。

あんなことがあれば当たり前だけど、昨日はあまり眠れなかった。宮崎さんのことが大きな原因なのはわかっているし、大重さんと熊切さんがいまだ見つからないのもそのひとつ。ほかには伊吹さんや朋子さんの態度も……。

この世は気になることばかり。気持ちが重いせいか、セミの声さえ耳ざわりに感じてしまう。

職場の裏口は開いていた。

恐る恐るドアを開けると、伊吹さんが給湯室から出てきたところだった。

「おう。コーヒー飲むか？」

「……おはようございます」

「ひどい顔だな」

あいかわらず失礼な人だ。ムッとしつつ、荷物を置きデスクに向かう。

パソコンを起動させ出勤登録をしていると、伊吹さんが隣の席に腰をおろした。あいかわらずのボサボサの髪。いつもお洒落なネクタイはなぜか真っ白で礼服を着ているみたい。

「ほら」

差し出されたマグカップを受け取る。今朝のコーヒーは薄めが好きな伊吹さんにしては珍しく濃そうな香りがしている。

「ありがとうございます」

「寝すぎて眠い」

なんて言う伊吹さんの膝の上に、いつの間にかワトソンが座っていた。私のことなんてなくなった。

気にもせずに優雅に毛づくろいをしている。あれ以来、ワトソンはまた体を触らせてくれ

「大重さんと熊切さんは見つかったんですか？」

「いや、まだらしい」

「……平然としているんですね」

嫌味を言うが、主と猫にはピンとこないらしい。

「俺はいたって普通だ」

「そうじゃなくて、心配にならないんですか？　私たちが余命を移管させたせいでいなくなったのは明らかじゃないですか。伊吹さんって本当に冷たいと思います」

怒るかな、と思ったけれど伊吹さんはおかしそうにクスクス笑う。

「彼氏とケンカでもしたか」

「そういうこと言うとセクハラで――」

お腹のなかに悲しみがじわりと広がった気がして口を閉じた。昨日の別れを後悔しているわけじゃないけれど、胸がずっとざわめいている。自分の出した答えを、いつか正しかったと思える日がくるのだろうか。

じっと動かない私に伊吹さんは澄ました顔でコーヒーを飲んだ。

「悪かった。別れたとは思わなかった」

あっさりと言い当てるから思わず息を呑んでしまう。

「……なんでわかったんですか？」

「俺くらい長くここに勤めていると、人間の考えることは読めてしまうんだ」

「自分だって人間のくせに」

ぶすっとした顔のままコーヒーを飲むと、想像以上においしい。

「そうです。別れたんですよ」

「まあ、そういうこともあるさ」

伊吹さんが言うと、そんな気もしてくるから不思議。

「別れた原因を聞きたいですか？」

「興味ない」

だと思った。それでも失恋の痛みが少し減った気がする。悔しいけれど伊吹さんにはどこかそういう、人の気持ちをやわらげるようなところがある。

湯気の向こうにいる伊吹さんがはかなげに見えた。

「伊吹さんって不思議な人ですね」

「自分でもよくわからなくなるときがある。朋子さんくらいだろうな、理解してくれてるのは」

「朋子さんはここで二十年働いているって言っていました。前の支店長はどんな人だったんですか？」

なにげない質問だったのに、場の雰囲気が変わるのを肌で感じた。音もなく伊吹さんの膝からおりたワトソンが、私のそばに来ると大きな瞳で見つめてきた。

……なにかマズい質問をしたの？

「前はいない。日本で余命銀行をはじめたのは俺だから」

「え……？」

ワトソンを見つめたまま尋ねたのは、なぜか伊吹さんの顔を見てはいけない気がしたから。

「だとすると、伊吹さんは二十年以上ここで働いていることになりますよね。待ってください、だって伊吹さんは二十九歳ですよね？」

「二十八歳だ。少し長い話になるが……まあ、まだオープン前だからいいか」

伊吹さんが足を組むのが視界の端に見えた。

「二十五歳のとき、俺はアジアのとある国で海外ボランティアをしていた。首都から三百キロも離れた小さな村に井戸を作る仕事だった」

急な話の展開に頭が混乱している。

「当時は紛争の真っただ中で、上空には戦闘機が飛び交っててかなり危険な場所でさ。一緒に行った仲間たちは次々にリタイアして帰国してった。最終的には俺だけになってな……。あ、ワトソンはその村にいた野良猫だったんだ」

「にゃあ」

ワトソンは私を見たままで答えた。

聞きたいことはたくさんあった。この余命銀行を伊吹さんが作ったのなら、朋子さんの話と食い違う。そもそも三年前に海外にいたのなら、計算も合わない。

けれど、口を挟んではいけないと思った。

「三年経って、やっと水が出たときはうれしくってさ。村人みんなと抱き合って泣いたよ」

やっと見ることができた横顔には笑みが浮かんでいた。

「村は飢饉から救われ、俺もようやく日本に戻ることができた。お礼に懐いていたワトソンを譲り受けて……」

そこで伊吹さんは口を閉じた。

どれくらいの間があったのか。十秒にも十分にも感じるほどの時間のあと、伊吹さんはため息を逃がした。

「空港まで見送りに来てくれた村人たちが言ったんだ。『お礼に、余命銀行にみんなで行った』と」

「え……余命銀行がその国にあったのですか？」

「らしいな」

どこか他人ごとのように肩をすくめたあと、伊吹さんは静かに目を伏せた。

「俺にはなんのことかわからなかった。余命銀行って言葉もその日にはじめて知ったくらいだったし」

予感が……とんでもない予感が胸のなかで膨らんでいく。

「まさか、伊吹さんは、村人たちから余命を移管されたと。そういうことですか？」

「村人はそう説明してくれた。俺がさみしくないようにと、ワトソンにも移管したと。それぞれに数年単位で百人近くもの村人が余命を移管したそうだ。そんなこと信じられるわけないよな。てっきり寺かなんかで願ってくれたっていう意味かと思った」

息をするのもはばかられ、無意識に体を小さくしていた。伊吹さんはメガネをカウンターに置き、宙に目をやる。その瞳は複雑な感情の色を宿している。やさしくて怒っていて、悲しみがあふれているような……。

「村のことはニュースになった。年々発展を遂げ、今じゃ小さな町くらいになっているって。だけどいくら手紙を書いても戻ってくるんだ。気になって二年後に訪ねてみた。けれど、あの村人たちはどこを捜してもいないんだよ」

「二度と会えなくなってしまったんですね……」

返事の代わりに伊吹さんは鼻でため息をついた。

「バカだよな。余命なんかくれるよりも、俺はまたみんなに会いたかったのに。また会えることを楽しみにしていたのに」

「伊吹さん……」

「あいつら空港でワンワン泣いてたんだ。永遠の別れになるって知ってたんだろうな。俺は『すぐに会えるよ』なんて言って……。俺だけが二度と会えなくなることをわかっていなかった。ほんと、バカだよ」

最後の『バカ』を伊吹さんは自分に向けて言った。

目頭を押さえたあと、伊吹さんは自嘲するように小さく笑った。

「余命銀行のことについて調べ出したのはそのあとのこと。詳しくは話せないが、俺は日本にも余命銀行を作るために必死になった。もう今から何十年も前の話だけどな」

目の前にいる伊吹さんは、本当ならもう老齢なのかもしれない。考えたこともなかった事実に圧倒されてしまう。

「じゃあ、伊吹さんは二十八歳のときから誰かの余命を生きている。そのときからずっと二十八歳のままなんですね」

「そういうことだろうな。あと何年残っているのか見当もつかない。同級生はどんどん歳を取るし身内もみんな死んだ。だから違う町に引っ越してこうして誰とも関わらない生活を送ってる。ついでに、どうせ死なないから食事も好きな駄菓子だけを食べる生活にしたんだ」

与えられた余命のせいで孤独になってしまったんだ……。

「余命銀行を作ったのはどうしてですか？」

冷めたコーヒーで唇を湿らせた私に、伊吹さんは指を三本立てた。

「三つ理由がある。ひとつは余命銀行の力を使えば、村人に余命を返せるかもしれないって思った。けれどこれはダメだった。今、その方法を見つけたとしても生きている村人は少ないだろうし」

それほどの時間が経ってしまったんだ……。きっと村人は最期の瞬間まで伊吹さんに余命を与えたことを誇りに思っていただろう。けれど、与えられたほうはずっと罪悪感を抱えて生きることになった……。

「ふたつめは、俺みたいな化け物を作りたくなかったから。日本人は情にもろいだろ？　なんでもかんでも余命を預けることで解決されたら大変なことになる。それを阻止するには俺が管理するしかないと思ったんだ」

宮崎さんのことが脳裏に浮かんだ。誰かを助けるために自らの余命を与えようとする人はほかにもいるかもしれない。

もしもそれが村人のように集団で預命したとしたら……？　不老不死の人が増え、社会が混乱してしまう。

「でも」と、思わず口にしていた。

「それなら大重さんは良かったんですか？　彼は定期での契約ですが、これから先ずっと余命を与え続けることになるんですよ」

「本人の意思だ。それに、俺はあえて世間に余命銀行のウワサを流すようにしている。つまり帳尻は合っているってことだよ」

「意味がよく……」

「すぐにわかるさ。さ、そろそろ開店だぞ」

席を立った伊吹さんが私のマグカップも一緒に持っていく。まだ三つ目を聞いていない。思わぬ話に心臓がバクバクしているけれど、たしかに間もなく開店だ。

「おはよう！　遅くなっちゃった」

朋子さんが駆け込んでくるのと同時に、時計が九時を知らせた。

「そうなのよ。ええ、そのとおりなの」

さっきから朋子さんはハンカチで目を押さえて泣き続けている。備え付けのティッシュボックスを渡すと、朋子さんは勢いよく鼻をかんだ。

「支店長は本当に苦労しているの。花菜ちゃんは支店長のことを頑固だって思ってると思うけど、仕方ないの。だって支店長は昔の人なんだから。見た目は若いけれど、本当は頑固老人なのよ」

かばっているとは思えない発言をする朋子さん。

「それだけ余命をもらったことで苦労しているのに、どうして伊吹さんは余命銀行で働くのですか？　それに契約が取れるとうれしそうじゃないですか」

今でも売り上げのことばかり気にしているし。

「ああ」と朋子さんは開かずの扉を確認した。さっきから伊吹さんはあの部屋に閉じこもって仕事をしている。

「支店長が余命を積極的に集めているのにはわけがあるの。それが三つ目の理由よ」

「それって――」

口を開くと同時に自動ドアが開く音がした。

「いけない。メイク直してくるわね」

いそいそと給湯室へ消える朋子さんから正面に顔を向けて驚く。

「大重さん……」

手をつなぎ入ってきたのは、大重さんと熊切さんだった。

今日の大重さんは紺色のスーツ、熊切さんは白いシャツに空色のスカート姿とずいぶん印象が違う。

昨日の深刻な顔とは一転、晴れ晴れとした表情の大重さん。隣の熊切さんは丁寧に頭をさげてくる。

「あ、君か。昨日は急にごめんね」

飄々(ひょうひょう)と挨拶をする大重さんに、さすがにムッとしてしまう。

「あんなふうにいなくなるのは困ります。病院のスタッフさんも心配していますし、警察だって行方を捜しているんですよ」

熊切さんが余命を分けてもらったことを知らない可能性が高いので、慎重に言葉を選ぶ。

が、

「違うんです。私のせいなんです」

隣に立つ当の熊切さんがそう言ったので驚いてしまう。

眉をひそめる私の前に座ると、熊切さんは再度頭をさげた。

「今回は余命の手続きありがとうございました」

「え……。ここが余命銀行であることをご存じなんですか？」

大重さんに目をやると、無実を訴えるように首を横に振った。

「私、目が覚めてすぐに拓海が余命を分けてくれたってわかりました。だから、彼にお願いして連れ出してもらったんです」

「それって……」

言葉に詰まっている間に、大重さんも椅子に腰をおろした。

「僕もわけがわからなかったんだけど、文香に言われたとおり病院から抜け出してデートしてたんだ」

「デート……」

いったいどういうことなのだろう。

「ふたりの思い出の遊園地に行ったんだ。夜はこれまで泊まったことがないような高級ホテルに宿泊して、朝は市場にも行った。楽しかったなあ」

ぽわんとした顔の大重さんと違い、熊切さんは真剣な表情を崩さない。

「でさ」と大重さんが熊切さんを見た。

「市場のあと、連れてこられたのがここだった。まさか次の行き先が余命銀行だなんてびっくりしたよ」

……なにか悪い予感がする。

大重さんは気づいていないけれど、熊切さんの表情はさっき伊吹さんが浮かべていたような悲しみに満ちたものだ。

熊切さんは、ひょっとして……。

そのとき、開かずの扉が開き伊吹さんが姿を現した。私の横に椅子を持ってきて座ると、伊吹さんはまっすぐに熊切さんの目を見た。

「やっと来たか」

「お久しぶりです、伊吹さん」

熊切さんも伊吹さんに頭をさげる。

きっと私も大重さんと同じくらい驚いた顔をしているだろう。

「五年ぶりか？」

「二十歳のとき以来ですからそうですね」

大重さんは会話を交わすふたりを眺めているだけ。私が代表して聞いたほうがいいだろう。

「あの、すみません。熊切さんはここを利用されたことがあるのですか？」

「はい。五年前に」

「それは……ここのお客さんとして、ですか？」

　重ねて質問する私に熊切さんは長い髪を耳にかけた。

「母が末期のがんだと診断されました。あまりにも急な出来事で、発見されたときにはどうしようもないくらい悪化していたんです」

　パソコンを操作し、過去のデータを照合する。ああ、たしかにデータが残っている。母親に十一カ月間の余命を移管していることが記してあった。

「熊切文香。名前を聞いたときは忘れてたけど、あとで調べたらわかったよ。てことは病院から脱走するだろうな、とは思ってた」

　伊吹さんが言い、いつの間にかお茶を出しに出てきた朋子さんもうなずいている。

「余命の口座を開設した翌日、母が言っていました。『夢で、あなたに余命をもらうって言われた。すごくリアルな夢だった』って。きっともし預ける人が預け相手に話さなかったとしても、本人にも確認することになっているんですね？」

「そのとおり。これはうちの支店だけの特別バージョンだ。余命銀行について耳にしたことがあるヤツだけが見られる予告編ってところだな。そこまでしてやっても気づかないやつが大半だけどな」

　両腕を組んだポーズで胸を張る伊吹さんに、熊切さんはうつむいた。

「私、母と十一カ月間を過ごせて幸せでした。でも、同じくらい悲しかったんです。別れるための準備をしているなんて、タイムリミットが迫っているなんて……最後はつらい気持ちのほうが強かったかもしれません」

「……待って」

　無言だった大重さんがかすれた声で言った。

「文香は……ひょっとして……」

「拓海に言えなくてごめん。私、そのときにこう思ったの。『もう誰にも自分の余命を預けることはしない。誰からももらいたくない。運命には逆らわない』って」

　さみしそうな笑みを浮かべたまま、熊切さんは私を見た。風のない湖のように澄んだ瞳だった。

「母の葬儀に朋子さんが来てくれて、余命をもらわない手続きをしたいとお願いしました。もう一度ここに連れてきてもらい、契約をしたんです」

「つまり、な」と伊吹さんが引き継ぐ。

「ここ、余命銀行では余命をもらわない、という契約を結ぶこともできるんだよ」

「待って！」

　ガタッと椅子を引いて大重さんが中腰になった。

「じゃあ文香は余命を受け取らなかったの？　だって、今こんなに……」

　動揺する大重さんの手を熊切さんがそっと握った。

「余命を受け取らない契約のときに伊吹さんに言われたの。『二十四時間だけは受け取る契約にしておく』って」

　目線を向けられた伊吹さんが「ふん」と鼻から息を吐いた。

「ここは余命銀行だからな。まったく受け取らないってのは困る。余命を受け取りたくない客には二十四時間だけ移管することにしてるんだ」

壁に置いた時計を見る。今は朝の十時を過ぎたところ。昨日大重さんがここに来たのはお昼過ぎで、大重さんが病院で確定ボタンを押したのは……。

昨日の契約をパソコンに呼び出すと、時刻は十五時となっている。

「ああ」

思わずつぶやいたのは、表示されている画面の備考に『本人希望により二十四時間の移管』と記してあったから。熊切さんの希望が優先され、契約内容も書き換えられたんだ。

「じゃあ文香と一緒にいられるのは……？　あと五時間くらいってこと？」

震える声の大重さんに、伊吹さんが肩をすくめた。

「熊切さんが急にぶっ倒れても困るだろうから、ギリギリまで外にいるのは止めたほうがいい。一時間前には病院に戻ると考えるなら——」

「なんでだよ！」

絶叫がフロアに響き渡った。こぶしを握り締めたまま大重さんはボロボロと涙をこぼしている。

「こんなのないよ。文香、なんでそんな契約したんだよ」

「拓海」

熊切さんが腕を伸ばし、彼の手をまた引いた。いやいやをするように拒否する大重さんを、今度は頭ごと抱きしめて引き寄せた。

「拓海、聞いて」

「私に十一カ月間、悲しい気持ちでいてほしい？」

子供のように泣く大重さんの耳元で熊切さんは言う。

「……………」

「別れの準備はとてもつらかった。どんどん別れが近づくなかで、何度も一緒に死にたくなった。それくらいの絶望のゴールが待ってるんだよ？　そんな思いをふたりでするのはイヤだったの」

「だけど……！」

バッと顔をあげるけれど、続ける言葉がないらしく大重さんは首を垂れた。

「大重、よく聞け」

伊吹さんが静かな口調で言う。

「たった二十四時間でもお前はこんな感じじゃないか。この期間が延びたとしてもきっと最後はこうなる。見てみろ、熊切さんは必死で別れに立ち向かってる」

「ああ。ああ……」

子供のように泣く大重さんを熊切さんは抱きしめている。いちばん悲しいのは熊切さんなのに、残される人のことを想っている。

死を受け入れた人はこんなにも強いんだ……。

伊吹さんが白い封筒を一枚取り出すと、熊切さんに渡した。

「昨日頼まれたやつな」

「余命銀行の番号を教えてもらっておいて助かりました」

にこやかな顔で受け取ると、熊切さんはまだ泣いている大重さんを立ちあがらせた。

「拓海、もう泣くのは止めて最後の思い出を作りにいこう」

「……どこへ？」

「それはついてからのお楽しみ。じゃあ、またあとで」

伊吹さんや私に視線を送ると、熊切さんは大重さんを連れて自動ドアから外へと出た。

「悪いが朋子さん、ついていってやってくれる？　あれじゃあ無理やり心中しかねない」

ため息交じりの伊吹さんに、朋子さんは片づけていた湯呑を私に渡した。

「わかったわ。行ってくるわね」

バッグを手にすると朋子さんはふたりを追いかけていった。

急にしんとした空間になる店内で、伊吹さんはまだ自動ドアのほうを眺めていた。

「熊切さんって……強いですね」

私だったら、自分があと数時間で死ぬとわかっていて気丈に振る舞える自信がない。かといってどんな行動を取るのか想像もつかない。その状況になれば変わるのだろうか。

「彼女は強い意志を持っていた。自分が体験して、いかにつらいかがわかったんだろう。

逆に、余命をもらえたことで感謝して亡くなる人もいるから、そこは人それぞれなのかもな」

誰にでも愛する人がいて、自分の命をあげたりもらったり……。

「結局、恋とか愛に、人間は振り回される生き物なんですね」

以前伊吹さんが言っていた言葉を真似てみる。

私にもいつかそういう人が現れるのかな。ひとつの恋が終わったばかりで、とてもそんなふうに思えない。

「伊吹さんもそういう経験があるっておっしゃってましたよね？　たしか二度と会えないとか……」

チラッとこっちを見たあと、伊吹さんはうなずいた。

「まあな。遠い遠い昔、一度だけ愛した人がいた」

好きな人のことを話すとき、みんなやさしい顔になる。伊吹さんもきっとその人のことを心から愛していたのだろう。

「その人に、自分の余命を預けたんですか？」

伊吹さんの余命はほかの人の何倍も残っている。だとしたら好きな人に分けても不思議じゃない。

けれど、伊吹さんは「いや」とさみしげに言葉を落とした。

「俺が海外にいる間に事故で亡くなってなあ」

「え……」

「田舎町での活動だったから、連絡をもらったときには葬式も終わってしまっていた。すぐにでも帰りたかったが、当時は戦争の影響で空港も閉鎖されてて——どうしようもなかったんだ」

　思いがけない話にただ驚くことしかできない。

「そうこうしているうちに井戸が完成して日本に戻れることになった。そのときに、村人から余命をもらったことを知ったって言ったよな。そういう〝余命銀行〟があるということもな」

　はあ、と大きく息を吐いたあと伊吹さんは前髪をわざとおろして表情を隠した。

「俺はモンスターだよ」

「伊吹さん……」

「もう愛する人はいないのに、人よりも長く生きなくてはならない。あの世での再会の日を待ち続けるモンスターになっちまった」

　伊吹さんがまた指を三本立ててみせた。

「俺が余命銀行で働いている三つ目の理由は、たくさんの余命を集めれば、いつか亡くなった人にも余命を移管できるんじゃないかって考えてるからなんだ」

「まさか……」

　いくらなんでも人の生死にまで介入できてしまったら、この世はパニックになってしまうだろう。

「実は、この立場だと余命銀行のシステムは結構自由に変えられるんだ。うちの支店だけのオリジナルルールもたくさんある。まあ、あの部屋に俺はいつも篭ってるからな」

開かずの扉を見やった伊吹さんに、私はなにを言えばいいのだろう。亡くなった人に余命をあげて生き返らせることが正しいとは思えない。でも、伊吹さんの孤独は私が想像するよりも重くて深くて……。

今にも泣いてしまいそうだ。

「もし伊吹さんが彼女に余命を与えたとしても、結局は一度しか会えないんですよね？」

「だよな」と伊吹さんはおかしそうに笑った。

「それでもいいんだよ。一度だけでも会いたい。そして、そのあと彼女がこの世界のどこかで生きている。それだけで幸せなんだ」

視界が潤むのを必死で抑えていると、伊吹さんが立ちあがった。

「じゃあ、俺たちも行こうか」

「え、どこへですか？」

「あのふたりをちゃんと見届けてやろう。熊切と約束したんだよ」

裏口へ向かう伊吹さんに、「あの」と声をかけた。

「伊吹さんはモンスターなんかじゃないです。むしろ、今まででいちばん人間らしいって思いました」

伊吹さんは困った顔をしてから、

「うるさい」

とだけ言って出ていった。

シャッターをおろして戸締まりをしてから追いかけると、伊吹さんが道の向こうで待っていてくれた。

走りだせば、私の心臓は応えるようにしっかりと鼓動を刻んでいた。

エピローグ

「ありがとうございました」

大重さんと熊切さんは、私たちに向かって深くお辞儀をした。

広いロビーは午後のやわらかな日差しでキラキラ輝いている。

ふたりが予約をしていた結婚式場のスタッフは、キャンセルをしたのに手をつないでいるふたりを不思議そうに遠くで見ている。

あんなに泣いていた大重さんも、運命を受け止めたのだろう、穏やかな顔でほほ笑んでいた。

「ふたりで式場をもう一度見せてもらいました。一緒にバージンロードを歩こう、って言ったのに文香が嫌がるんですよ」

すねた顔で言う大重さんに、熊切さんはやさしく目を細めている。

「私じゃなく、誰かを見つけてほしいってお願いしました。もうすごく泣くもんだから、あのスタッフさん困ってました」

「しょうがないじゃん。俺は文香ほど強くないし」

そう言う大重さんに、熊切さんは「私ね」と言った。

「そんなに強くないよ。でも、拓海が幸せになってほしいって本気で願ってる。だから、どうしても式場のキャンセルだけはしたかったの」

式場のキャンセルは伊吹さんが手配し、ついでにここでランチの予約を取ってくれたそうだ。

「これからどうするんですか？」

そう尋ねると、熊切さんと大重さんは一瞬さみしげな表情を浮かべたあと、同じタイミングでほほ笑んだ。ふたり分のさみしさと悲しみ、そしてそれ以上の決意が存在している。

「病院にふたりで戻ります。で、叱られてきます」

それまで黙っていた朋子さんがふたりの横に立った。

「私も同行して、誘拐じゃなかったって証言してきます。そうねぇ、熊切さんがパニックになって逃げだして、大重さんがやっと捕まえたってシナリオはどうかしら」

「それいいですね。私、演じるの得意なんですよ」

クスクス笑うふたりに、大重さんは呆れた顔をしていた。それ以上に苦い顔をしているのは伊吹さんだ。

「なんにしても大重も誰かに余命をもらう機会があれば、自分がどうしたいのか考えておくことだ。あと、男は簡単に泣くな」

「その節はすみませんでした」

謝る大重さんに、朋子さんが「あら」と助け船を出した。

「支店長だって誰かさんのことを話すときは泣いてるじゃない」

「お……俺は泣いてない」

「じゃああとで花菜ちゃんに聞いてみることにしますね」

「うう」

タイムリミットが短いふたりと、長い余命を与えられた伊吹さん。どちらが幸せかなんて私にはわからない。

「生内さんありがとうございました」

熊切さんが声をかけてくれた。

「いえ、私は全然……」

「話をしっかり聞いてくれて病院にまで来てくれたって聞きました。すごくうれしかったです」

モゴモゴと口ごもっている間に、ふたりと朋子さんが歩き出した。

私は……私はなんて言葉をかけてあげればいいのだろう？

躊躇している私の背中がドンと押された。見ると伊吹さんが澄ました顔をしている。

「言わない後悔より、言って後悔するほうがマシだ」

不器用な態度でのアドバイスをありがたく受け取ることにして、私もふたりを追いかけた。

気づいて立ち止まる熊切さんの手を私は握る。

「あの……。うまく言えないけど、熊切さんの選んだ道に勇気をもらいました。本当にありがとうございました」

「私こそ。最後に担当してくださった方があなたで良かったです」

「大重さんがくじけそうなときは全力で励ましますから」

　そう言った私に熊切さんは本当にうれしそうに笑ってくれた。

　事務所に戻るとワトソンが不機嫌になっていた。また自動給餌装置のコンセントが抜けていたらしい。

「おいおい、またかよ」

　慌てて給湯室へ駆け込む伊吹さん。その間に、表のシャッターを開けた。

　まだ昼間の空は、あと少しで熊切さんを連れていってしまう。

　今頃、病院はパニックになっているのだろうか。

　ごはんを食べ終わったワトソンが優雅に戻ってきた。遅れてマグカップを手にした伊吹さんが戻ってきて、そのうちのひとつを渡してくれた。

　お礼を言い、いつもの席に座る。

　不思議だ。これまで感じたことのない使命感のようなものが腹のなかに生まれている。

「伊吹さん」

「ん？」

　立ったままコーヒーをすすっている伊吹さんに椅子ごと振り向く。

「私、ここでこれからもがんばります」

「なんだ急に」

伊吹さんのメガネが湯気で曇っている。

「伊吹さんの夢がかなうようにがんばりますから」

ここで働いてから、余命を与える人だけじゃなくもらう人にも、それぞれに想いがあることを知った。

その人たちがいつか笑顔になれるよう、私にできることをこれからもしていこう。この仕事は自分の命を長らえるためじゃなく、残された日々を後悔しないように生きるためのもの。

「いい考えだ」

「でも、やっぱり余命を預けにきた人に、どうしても自分の意見を言ってしまうんです。そこは反省します」

そう言う私に、伊吹さんは意外そうな顔をした。

「それでいいんだよ。俺だって余命を集めたいという目標はあるが、実際のところうまくいってない。朋子さんも同様に、すんでのところで断ったりしてたから」

前に朋子さんが言っていたのは本当のことだったんだ。

「じゃあここで働く心構えとしてはなにが正解なんですか？」

「がんばらなくていい。花菜が花菜らしく生きて、楽しいと思えればそれが正解だ。人生ってのはそういうもんだ」

「はい」

伊吹さんはニヤリと笑うと、私の頭にそっと手を置いた。

「じゃないと、俺の余命を分けた意味がなくなる」

「え？　じゃあ、私がずっと調子が良かったのは伊吹さんのおかげ……？」

驚く私に伊吹さんは声にして笑った。

「俺はここで働いてから、スタッフにしか余命を分けられなくなったみたいでさ」

そんなふうに伊吹さんは笑ったが、きっとそれが〝うちの支店だけのオリジナルルール〟なのだろう。

じゃあ、私の寿命はどのくらい延びたのだろうか？　ううん、そんなことはどうでもいい。

「あの、私……なんて言っていいのか……」

まさか伊吹さんが命を分けていてくれたなんて。驚きのあとに泣きそうなほどのうれしさが込みあげる。

「なにも言わなくていい」

頭から手を離した伊吹さんが照れたようにメガネを中指であげた。

「ちなみにスタッフへの余命移管は一カ月ごとの更新制だから。辞めたらそこで終わり。つまり花菜はモンスターに飼われたペットみたいなもんだ」

「ペット……」

唖然とする私を置いて、ガハハと笑いながら開かずの扉に消える伊吹さん。

それでも心がポカポカと温かい。

「にゃん」

足元に寄ってきたワトソンが、ひょいと膝に乗ってきた。

「え、いいの？」

マグカップを置き、黒色の頭をなでるとゴロゴロと喉を鳴らしている。久しぶりに手のひらに感じる温かな体温。

彼にもやっと受け入れられたみたいでうれしくなる。

ここで私はこれからもたくさんの余命の移管を目にするだろう。そのときそのときで悩んだり励ましたり、反対したりもするだろう。

でも、私らしく気持ちを伝えていけば、きっとなにかが見えてくるはず。それが伊吹さんの夢をかなえる手伝いになればいい。

と、自動ドアが開く音がして、若い女性が不安げにフロアに入ってきた。

彼女の人生の悩みを助けたい。なにか力になりたい。胸に熱い気持ちを持ったまま、私は頭をさげた。

「いらっしゃいませ。ようこそ余命銀行へ」

本書は書き下ろしです。

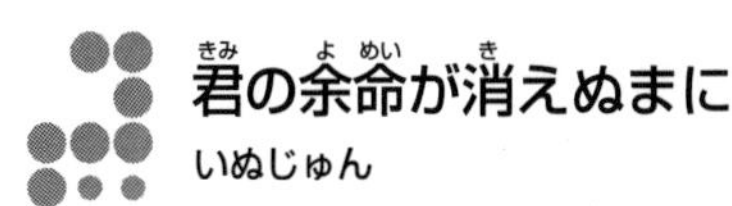

2023年2月5日初版発行

発行者……千葉 均
発行所……株式会社ポプラ社
〒102-8519 東京都千代田区麹町4-2-6

フォーマットデザイン 荻窪裕司(design clopper)
組版・校閲 株式会社鷗来堂
印刷・製本 中央精版印刷株式会社

落丁・乱丁本はお取り替えいたします。

電話(0120-666-553)または、ホームページ(www.poplar.co.jp)のお問い合わせ一覧よりご連絡ください。
※電話の受付時間は、月～金曜日、10時～17時です(祝日・休日は除く)。

ポプラ文庫ピュアフル

ホームページ　www.poplar.co.jp

N.D.C.913/324p/15cm
ISBN978-4-591-17698-6
P8111348

ポプラ文庫ピュアフルの好評既刊

シリーズ累計20万部突破!!
一気読み必至！　著者渾身の傑作。

いぬじゅん
『この冬、いなくなる君へ』

装画：Tamaki

文具会社で働く24歳の井久田菜摘は仕事もプライベートも充実せず、無気力になっていた。ある夜、ひとり会社で残業をしていると火事に巻き込まれ、意識を失ってしまう。はっと気づくと、篤生と名乗る謎の男が立っており、「この冬、君は死ぬ」と告げられて……？　ラストのどんでん返しに衝撃と驚愕が待ち受ける、究極の感動作！　著者・いぬじゅんの累計20万部突破の大人気「冬」シリーズ、1作目。

ポプラ文庫ピュアフルの好評既刊

いぬじゅんの「冬」シリーズ
第4弾！　最高に泣けるピュアラブ。

いぬじゅん
『いつかの冬、終わらない君へ』

装画：tamaki

出版社で働く柚希は、人に対して自己主張ができない性格。小説の編集者になりたくて出版社に入ったが、入社以来求人誌の編集部で働いている。柚希には小説家を目指していた高校時代からの親友・彩羽がいたが、彩羽は二年前に事故で亡くなっていた。柚希はその事故の原因が自分にあると思い込んでいた。絶望的な状況の柚希の前に、ある日赤いパーカーを着た青年が現れる。青年は柚希に「僕の名前を呼んで」と語りかける……。

15万部突破のヒット作!!
切なくて儚い、『期限付きの恋』。

森田碧
『余命一年と宣告された僕が、余命半年の君と出会った話』

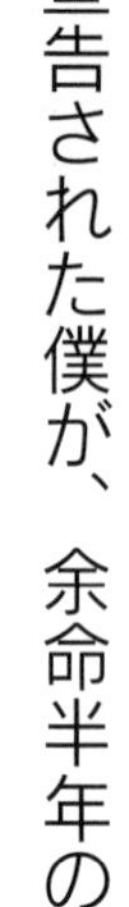

装画：飴村

高1の冬、早坂秋人は心臓病を患い、余命宣告を受ける。絶望の中、秋人は通院先に入院している桜井春奈と出会う。春奈もまた、重い病気で残りわずかの命だった。秋人は自分の病気のことを隠して彼女と話すようになり、死ぬのが怖くないと言う春奈に興味を持つ。自分はまだ恋をしてもいいのだろうか？　自問しながら過ぎる日々に変化が訪れて……。淡々と描かれるふたりの日常に、儚い美しさと優しさを感じる、究極の純愛。

ポプラ文庫ピュアフルの好評既刊

森田碧が贈る、切なくて儚い物語
「よめぼく」シリーズ第3弾！

森田碧
『余命88日の僕が、同じ日に死ぬ君と出会った話』

装画：飴村

高二の崎本光は、クラスの集合写真を興味本位で〝死神〟に送り、自分と人気者の浅海莉奈の余命が88日だと知る。友人もおらず、ある悩みから既に人生に見切りをつけている光は落ち込むこともなかったが、なぜ彼女と同じ日に死ぬ運命なのかが気になった。やがて一緒に水族館へ実習に行き、浅海が深刻な病を抱えていると知って――。

森田碧が贈る、「よめぼく」シリーズ第3弾！　驚愕のラストに涙が止まらない……究極の感動作！

最期に「夫婦」を知るため、ふたりは手を取り合う。
落涙必至の期限付き疑似夫婦生活。

高梨愉人
『余命一年、夫婦始めます』

装画：前田ミック

仕事一辺倒に生きてきた瀬川拓海は、ある日、突然の余命宣告を受ける。失意の中、通院時に偶然知り合ったのは、天真爛漫な女性・葵だった。拓海と同様、余命いくばくもないという葵は「死ぬ前に結婚を経験してみたい」という突拍子もない理由で、拓海に同棲の話を持ちかける。ふたりは夫婦として叶えたい6つの目標を作成し、残された1年で疑似夫婦生活をスタートすることに…？

呪いを解くために、偽りの妃として後宮へ――。

顎木あくみ『宮廷のまじない師 白妃、後宮の闇夜に舞う』

装画：白谷ゆう

白髪に赤い瞳の容姿から鬼子と呼ばれ親に捨てられた過去を持つ李珠華は、街でまじない師見習いとして働いている。ある日、今をときめく皇帝・劉白焔が店にやってきた。珠華の腕を見込んだ白焔は、後宮で起こっている怪異事件の解決と自身にかけられた呪いを解くこと、そのために後宮に入ってほしいと彼女に依頼する。珠華は偽の妃として後宮入りを果たすが、他の妃たちの嫉妬と嫌悪の視線が珠華に突き刺さり……。『わたしの幸せな結婚』著者がおくる、切なくも愛おしい宮廷ロマン譚。